I0613839

Bibliothèque Religieuse, Morale, Littéraire,

POUR L'ENFANCE ET LA JÉUNESSE,

PUBLIÉE AVEC APPROBATION

DE Mgr L'ARCHEVÊQUE DE BORDEAUX.

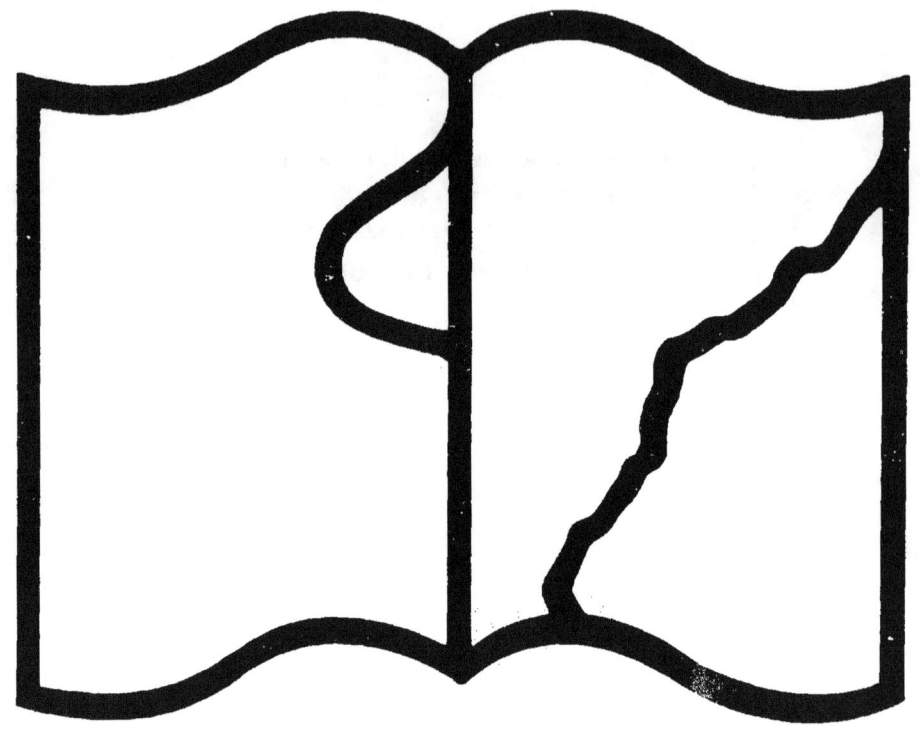

Texte détérioré — reliure défectueuse

NF Z 43-120-11

Debout, derrière la porte, Mr de Gerville et son fils écoutaient.

LA
FAMILLE DE BLANZAC

OU

PROMENADES EN LIMOUSIN

PAR M. L'ABBÉ JOUHANNEAUD,

Chanoine honoraire, Directeur de l'œuvre des Bons Livres
de Limoges.

LIBRAIRIE DES BONS LIVRES.

LIMOGES	PARIS
Chez Martial Ardant Frères	Chez Martial Ardant Frères
rue des Taules.	quai des Augustins, 25.

1856

I

La famille de Gervil. — Blanzac. — Le Dorat.

L'ANNÉE scolaire de 1851 venait de prendre fin ; c'est-à-dire que les vacances, ces jours si impatiemment attendus dans les colléges et les pensions, étaient arrivées.

Or, nul écolier n'avait plus de droit à ce doux repos que les deux aimables enfants de M. de Gervil.

Ce propriétaire habitait Blanzac, charmant petit village à cinq kilomètres de Bellac, dans le département de la Haute-Vienne. Plein de la plus vive tendresse pour Victorine et Alfred, regardant avec raison leur éducation comme le premier de ses devoirs, et en même temps comme le plus doux et le moins inutile délassement, il n'avait jamais voulu les éloigner de lui ; bien capable de les instruire, il s'était fait leur Mentor et leur précepteur.

Victorine, âgée de 14 ans, était excessivement remarquable par son application et ses progrès rapides. Alfred, un peu plus jeune, avait déjà terminé sa cinquième.

Quoiqu'ils trouvassent l'un et l'autre dans leur intelligence précoce, dans les sentiments élevés de leur cœur, et surtout dans la douce affection de leurs parents, des raisons puissantes d'aimer le travail et la vertu, ils ne repoussaient pas néanmoins les marques extérieures d'encouragement, les récompenses spéciales que leur docilité provoquait. Au jour solennel d'une distribution de prix, l'élève le plus réfléchi, le plus raisonnable, reste-t-il insensible devant le beau volume déposé dans ses mains, ou même devant l'humble couronne de chêne dont on va peut-être ombrager son front ?

Non, Alfred et sa sœur n'étaient pas plus parfaits qu'on ne peut l'être à leur âge. Cette histoire montrera même qu'ils avaient leurs petits défauts ; mais la pieuse sollicitude de leurs parents devait bientôt les diminuer. Mille fois heureux l'enfant qui ne trouve dans les êtres les plus dignes de son amour que des excitations à la vertu !

Alfred et sa sœur avaient donc promis de faire tous leurs efforts ; mais, en retour, ils avaient obtenu de leurs parents une insigne promesse. Si cette année, leur avait dit M. de Gervil, est bien employée; si votre tendre mère et moi sommes contents de vous, nous passerons nos deux mois de vacances à visiter le département. Je vous ai déjà parlé de la Haute-Vienne dans nos leçons de géographie; mais combien sera plus grand notre plaisir lorsque nous contemplerons de nos propres yeux ces villes, ces bourgs et ces hameaux si jolis, si variés, que nos doigts ont seulement indiqués froidement sur la carte; ces châteaux nombreux, ces antiques monuments qui n'y figurent même pas!

Et comme pendant dix mois les enfants avaient rempli tous leurs devoirs, c'était maintenant à M. de Gervil d'accomplir cette parole dont la réalisation avait fait leur conversation quotidienne. Ayant eu deux ou trois fois occasion de s'éloigner de quelques kilomètres seulement du petit clocher de Blanzac, quelle joie ne devaient-ils pas éprouver en pensant qu'ils connaîtraient, qu'ils verraient bientôt une foule de merveilleuses choses, qu'ils apprendraient une multitude de jolies histoires!

Le départ devait avoir lieu le premier septembre. Victorine et son frère n'avaient garde d'oublier cet article de la convention. Comme ils avaient travaillé sans relâche et sans se démentir depuis le premier novembre jusqu'au dernier du mois d'août, ils comptaient rigoureusement se délasser depuis le premier soleil de septembre jusqu'à la Toussaint; le calcul était exact et raisonnable. Deux mois donc, deux mois de promenades en voiture, en compagnie de leurs parents si bons et si affectueux, telle était la récompensée promise et admirablement gagnée. Aussi bien, quelque difficile que fût pour M. de Gervil cet éloignement ; quelque coûteux que fût le voyage, il ne songea même pas à leur en soustraire une journée. En cette occasion, madame de Gervil oublia aussi qu'elle était souffrante. Est-il de sacrifice pénible à un père, et surtout à une mère, lorsqu'il s'agit d'être agréables à des enfants vertueux, dignes de toute leur confiance, de toute leur bonté ?

Ce fut donc le premier septembre que M. de Gervil avec sa famille commença à parcourir le Limousin. Dans les poches de la voiture il avait placé deux albums pour Victorine et Alfred. Il tenait à ce que les jeunes touristes annotassent quelques-unes de leurs impressions de voyage, et il avait parfaitement raison d'exiger d'eux ce petit travail, qu'il devait lui-même relire, retoucher, amplifier s'il était besoin. Quoi de plus propre à fixer la pensée, à rappeler les leçons diverses de l'école, à former le jugement, l'esprit d'analyse, le style et le goût, que ces exquisses, ces tableaux où figurent tour à tour et les hommes et les choses, sous les aspects les plus variés, sous toutes les formes et toutes les nuances... Rien d'aussi capable de mûrir promptement l'intelligence d'un enfant, d'exercer sa mémoire et d'instruire son cœur. L'enfant qui voit et entend sans se rendre compte n'est et ne sera jamais qu'un pauvre sot.

M. Gervil ayant décidé qu'on visiterait d'abord la partie septentrionale du département, les voyageurs se dirigèrent sur le Dorat. Après deux heures de route, ils mirent pied à terre dans cet ancien chef-lieu de la Basse-Marche.

Que le déjeuner parut long à nos petits voyageurs ! qu'il leur tardait de visiter ces beaux édifices qu'ils avaient aperçus en arrivant du haut de la colline opposée au plateau élevé sur lequel est assis le Dorat ! Que de demandes ! Combien de questions entremêlées !

— Mes enfants, dit enfin M. de Gervil, nous allons sortir ; mais quel ordre devons-nous suivre dans notre itinéraire ? Voyons, j'attends votre réponse : par où commencerons-nous ?

— N'importe, répliquèrent-ils, pourvu que nous voyions tout.

— Il importe beaucoup, au contraire, répondit le bon père. Examinez bien.

Les enfants étaient embarrassés ; ils ne soupçonnaient pas la leçon que contenait la réponse à cette demande insignifiante en apparence. Il continua donc :

— La première personne à laquelle nous devions songer, c'est au bon Dieu. Le premier édifice à visiter, c'est la maison où il daigne habiter pour nous. Oublieriez-vous, d'ailleurs, mes enfants, qu'avant d'entreprendre quoi que ce soit, on doit demander au Seigneur son conseil et son assistance ? N'est-ce pas lui qui préserve des dangers et des malheurs, qui éclaire notre intelligence, préserve notre cœur et fait tourner à bonne fin nos études et nos travaux? Et puis, comme en entrant dans une demeure quelconque on va d'abord saluer ceux qui en sont les maîtres, pour peu qu'on soit bien élevé, qu'on connaisse les convenances; de même, en pénétrant dans une ville on doit d'abord, si on a de la piété, se présenter devant le maître suprême sous la puissance et la protection duquel sont placés et les palais et les chaumières de ce pays auquel on vient demander une plus ou moins longue hospitalité.

— Oui, oui, s'écria Victorine, papa a raison; cette grande église semble si jolie.

— Tu ne dis pas bien, ma bonne, répliqua M. de Gervil, tu ne m'as point compris. Oui, sans doute, la vieille église du Dorat est magnifique; mais ce n'est point pour cela que lui est due notre première visite. Fût-elle excessivement pauvre et laide, nous devons y aller d'abord parce qu'elle est la maison de Dieu. La grandeur ou la simplicité de l'édifice n'augmente ni ne diminue en rien la bonté, la beauté infinies du Dieu tout-puissant qui veut bien le prendre pour sa résidence. Hélas! ma fille, d'ici à quelques jours nous verrons, dans de petits hameaux, le Seigneur et Maître de la terre ne dédaignant pas de misérables demeures, dont les murailles sont toutes nues, les autels mal couverts de haillons, les pavés disjoints, sans aucun meuble, sans le moindre ornement : faudrait-il donc nous en éloigner à cause de ce dénûment qui attriste les regards et le cœur? Oh! non, sans doute...

— Oh! non, sans doute, repartirent à la fois Alfred et Victorine ; ce sera au contraire une raison de plus pour aller bénir un Dieu qui pousse si loin la bonté qu'il prend pour asile des habitations que les gens tant soit peu aisés ne voudraient point !

Ayant alors parfaitement saisi la pensée de leur père, ils le prièrent de leur rappeler, s'ils venaient à l'oublier, que partout où ils passeraient leur pre-visite appartenait à Dieu.

La famille de Gervil passa plus d'une heure à examiner ce vaste et bel édifice, un des plus antiques monuments du Limousin. Crénélée comme une forteresse, ceinte au-dehors par une double galerie, flanquée de plusieurs tourelles, l'Eglise offre au-dehors l'aspect le plus imposant et rappelle les luttes opiniâtres de la féodalité. Rien aussi n'est plus religieux, rien ne saisit plus vivement l'âme, que le spectacle qu'offrent à l'intérieur ces épaisses murailles de granit, ces arceaux, ces larges colonnes, cette coupole haute de 34 mètres par laquelle se projette presque l'unique lumière qui dissipe l'obscurité de la basilique entière.

M. de Gervil raconta à ses enfants l'histoire de cet édifice depuis sa fondation, attribuée par quelques savants à Clovis, remerciant Dieu de sa victoire de Vouillé. En leur faisant l'éloge du dernier curé qui venait de mourir, il prit occasion de démontrer la puissance du zèle animé par la foi. Voyez-vous, disait-il, ce magnifique autel de marbre, ces degrés et cette large mosaïque de stuc brillant, cette riche et grande statue de la vierge qui s'élève au haut de la coupole de la chapelle qui fait le chevet de l'édifice ; ces nombreuses stalles toutes neuves, si artistiquement sculptées , qui décorent le sanctuaire ; ce crucifix, ces candelabres , ces lampes de vermeil : tous ces embellissements ont coûté des sommes énormes , et à peine le vénérable M. Petit a-t-il fait un appel à la piété de ses paroissiens que des sacs d'argent et d'or se sont amoncelés sous ses mains !.... Que peut-on refuser à l'homme vertueux, au saint prêtre qui vient nous demander au nom du ciel !

Aux deux côtés du sanctuaire , les enfants de M. de Gervil examinaient dans tous les sens une énorme caisse dorée. Mme de Gervil prévint leurs questions.

— Vous êtes curieux de savoir ce que contiennent ces espèces de grandes armoires, n'est-ce pas, mes enfants ? Eh bien , ce sont deux châsses, c'est-à-dire deux tombeaux où reposent les ossements sacrés des deux patrons du Dorat, saint Israël et saint Théobald.

» Ce qui constitue la véritable gloire , ce qui assure et devant Dieu et devant les hommes l'immortalité de notre nom , c'est la vertu. Tandis que les plus vaillants généraux , les plus brillants orateurs , les rois et les empereurs, malgré leurs fortunes colossales , reposent ignorés, inconnus, oubliés, dans leurs riches cercueils, ou que leurs ossements gisent pêle-mêle au milieu des cendres des multitudes, les restes de ces grands hommes du christianisme qu'on appelle Saints , précieusement conservés, sont l'objet d'une vénération et d'un hommage pieux qui ne cesseront qu'avec l'existence même de ce monde qu'ils ont illustré par leurs mérites éminents , sanctifié par leurs exemples , protégé par leurs prières , et sauvé par leur miraculeuse intervention.

» Ainsi , mes enfants, il y a un instant votre père vous parlait du rôle que les possesseurs du Dorat avaient joué dans l'histoire ; mais combien vous en a-t-il nommés de ces puissants comtes de la Basse-Marche ? à peine deux ou trois ; et encore, si vous lui aviez demandé ce qui nous restait d'eux , il n'aurait pu vous répondre, tant il est vrai que toutes les grandeurs humaines ne sont que vanité, néant. Peut-être ces orgueilleux seigneurs ont-ils été, quelques années après leur mort, foulés, pulvérisés sous les pieds dédaigneux des passants , tandis que les ossements d'hommes sans aïeux , sans fortune , sans génie, reposent ici abrités par l'or, enveloppés de soie, embaumés par la myrrhe et l'aloès. Neuf siècles se sont écoulés , et le temps qui use tout n'a pu triompher de la sollicitude et de l'amour religieux avec lequel les enfants du Dorat ont conservé les reliques précieuses des saints qu'ont vus et bénis leurs pères.

» J'espère que vous mériterez de voir, à l'époque septennale des Ostensions , l'empressement des multitudes autour de ces châsses vénérées. Vous contemplerez quarante paroisses , sous la conduite de leurs pasteurs et de leurs maires, musique et bannière en tête, qui obstruent non-seulement les côtés la nef, le chœur de vieille église, mais encore les rues et places de la cité, chantant des hymnes à la louange de Théobald et d'Israël. Spectacle magnifique, fête superbe consacrée à célébrer la vertu ! •

Puis, après avoir visité la longue crypte qui forme comme une seconde église à laquelle les larges dalles de la basilique servent de voûte, les voyageurs se rendirent à la communauté des sœurs de Marie-Joseph, naguère construite à côté du temple.

Ici encore tout était nouveau pour Alfred et sa sœur. Ces cellules, ces salles, ces réfectoires, ces statuettes si gracieuses, si multipliées, ces devises écrites sur les murailles ou sur de grands cartons, excitaient au plus haut degré leur curiosité. Ils n'avaient pas la moindre idée de cette propreté, de cette élégance, de ses sortes d'ameublements. Victorine surtout, presque en extase dans la chapelle, répétait tout bas à sa mère : Oh ! quand je rentrerai à Blanzac, que je serai heureuse d'arranger de la sorte notre cher autel de Marie, qui est si négligé, si mesquin ! J'y mettrai de ces fleurs; avec mes petites économies j'amasserai de quoi l'embellir de pareils vases, de semblables dentelles. Mon Dieu ! mon Dieu ! que c'est joli !

N'oublions pas un petit épisode de la visite.

— Eh bien, dit Mme la supérieure à Victorine, lorsqu'on rentra dans le salon de réception, voudriez-vous habiter avec nous, mon enfant ?

— Je le voudrais, répondit Victorine, si maman y consentait..... Sans peine je me ferais religieuse ici.

— Oh ! volontiers, ma fille, j'y consentirai lorsque tu seras en âge de comprendre ce qu'est la vie de ces dames, répliqua en souriant Mme de Gervil. Mais sais-tu bien que tu ne vois là que le beau côté de l'existence de ces bonnes religieuses ; tu ignores ce que leur vie a de triste et de douloureux ! Voudrais-tu donc être martyre ?

Et l'enfant, ne saisissant pas la réponse de sa mère, Mme de Gervil se prit à lui raconter, ainsi qu'à son frère, quelle était la destinée réservée aux jeunes filles qui venaient passer quelques années sous ce toit.

— Le gouvernement, lui dit-elle, a compris qu'il avait quelque chose à faire pour ces multitudes de femmes criminelles que la justice a reléguées dans les maisons centrales. Afin de les instruire, de les consoler, de les corriger surtout, il a pensé, avec raison, que seule la religion de Jésus-Christ pourrait lui venir efficacement en aide. Il lui a donc demandé son concours, et aussitôt une foule de pieuses vierges se sont présentées, ambitionnant comme un bonheur et une gloire la mission pénible de vivre au milieu de ces pauvres créatures repoussées de la société. Ici donc est la communauté-mère d'une congrégation nombreuse qui s'est consacrée uniquement à cette œuvre de dévouement sublime. De là part, tous les ans, un plus ou moins grand nombre de Sœurs qui s'en vont dans les prisons de Riom, de Limoges, de Montpellier, etc., finir leurs jours avec ces femmes détenues qu'elles encouragent et qu'elles ramènent à Dieu et à la vertu par leur prières, leurs paroles, et surtout leur angélique exemple. Voudrais-tu donc passer ta vie, ma fille, avec ces malheureuses qui ont volé, assassiné, dont l'aspect seul inspire la terreur et le dégoût ? Tu vois qu'il ne s'agit pas d'avoir seulement une bien gentille chambrette, une grande robe noire, avec ta petite figure blanche encadrée dans un voile bleu....

— Ah ! oui, ma bonne mère, je vois que je suis encore trop jeune : quand je serai plus grande vous me direz ce que je dois faire.

— Ce n'est pas moi qui te le dirai, ma fille, mais le bon Dieu lui-même qui te dira si telle est la vocation sublime à laquelle il daigne te destiner : Dieu seul décide ces sortes de choses.

Sœur Agathe, après avoir mis dans les mains de Victorine quelques dragées et sur son front quelques baisers, salua la famille de Gervil qui rentra pour dîner.

La visite au petit séminaire fut remise après ce second repas, pendant lequel les interrogations et les réflexions se succédèrent sans le moindre relâche.

Victorine et son frère purent parcourir d'un bout à l'autre ce vaste établissement ; car là aussi était sonnée l'heure des vacances ; classes, cours, ré-

fectoire, tout était silencieux. Ils restèrent ébahis
au milieu de cette haute et longue salle de récréa-
tion de quarante mètres d'étendue sur neuf de largeur ; dans ce dortoir où cent vingt lits sont dispo-
sés sans le moindre encombrement et dans un ordre parfait. Les diverses parties de cet édifice, fondé
en 1818, et considérablement agrandi d'année en
année, les arrêtaient à chaque pas.

Mais voici une note que nous devons extraire de
l'album d'Alfred :

« Dans une petite chapelle consacrée à Marie,
toute mignonne, tout embaumée, nous avons vu
aux pieds d'une statue de cette Vierge éternellement
bénie, un monceau de couronnes entrelacées de ru-
bans roses ; et lorsque ma sœur et moi avons demandé à M. le supérieur ce que cela signifiait, il
nous a répondu : Ce sont-là les couronnes qui cei-
gnaient, il y a huit jours, les fronts de nos élèves ; ils
les ont déposées humblement aux pieds sacrés de
Marie pour lui exprimer leur reconnaissance, et
pour qu'elle daignât jeter sur elles un regard de bénédiction et d'amour. Les enfants chrétiens n'oublient jamais que c'est au patronage de cette tendre
mère qu'ils doivent confier leurs succès. La couronne de l'innocence et de la vertu, dont leur offrande est le touchant emblême, est préférable à
celle de la science. Celle-ci peut ne devenir qu'une
source de malheurs par l'orgueil qu'elle enfante ;
celle-là ne sera jamais que la source du bonheur et
de la paix par l'humilité qu'elle suppose : et puis,

ajouta-t-il en regardant notre maman , demandez à madame de Gervil ce qui se passe dans son cœur lorsque, vous pressant dans ses bras, vous venez lui raconter une de vos joies, une de vos bonnes actions; ou lorsque , témoin de vos triomphes et des applaudissements dont ils sont l'objet , elle se dit , les yeux mouillés de larmes : Ces enfants sont les miens! »

Le reste de la soirée fut employé à examiner les vieilles murailles, les fragments de tourelles, les trois portes de granit qui faisaient jadis du Dorat une place forte très importante. M. de Gervil se complaisait à donner des explications archéologiques à ses jeunes auditeurs qui l'écoutaient avec l'attention la plus soutenue.

Le lendemain , en longeant les ruines du château d'Hugues de Lusignan , qui s'aperçoivent encore à l'extrémité orientale de la petite ville , nos voyageurs se dirigèrent sur Magnac-Laval. Jadis chef-lieu d'une baronie importante , cette ville était fortifiée et munie de portes; son château fut totalement rasé à l'époque de la révolution.

En route , M. de Gervil raconta une partie de l'histoire des comtes de Montmorenci-Laval auxquels avait appartenu longtemps cette dernière ville. « De leurs noms , disait-il , la France doit se glorifier ; leur généalogie remonte, selon quelques-uns , jusqu'au temps et même au-delà de la fondation de la monarchie.

» Presque tous les membres de cette antique

famille se sont rendus célèbres par leur valeur, leur fidélité, leur patriotisme, leurs hautes vertus. Le magnifique tombeau de marbre qui brille dans la chapelle du collége de Moulins (Allier) renferme les restes d'un de ces illustres personnages et de son épouse Marie-Félicie des Ursins.

II

Lussac-les-Églises. — Histoire de MM. Duhamel.

Du Dorat, les voyageurs se rendirent donc à Magnac-Laval, dont ils visitèrent particulièrement le collége qui jouissait autrefois d'une très brillante réputation. Il fut fondé en 1664 par Antoine de Salignac, marquis de Magnac et de La Mothe-Fénelon, qui en confia la direction aux Sulpiciens. Il était alors tenu par l'Université. Puis ils traversèrent les villages de Dompierre, dont le vieux château est aujourd'hui une belle et importante manufacture de draps; d'Arnac-la-Poste, de Saint-Léger-Magnazeix, de Saint-Sulpice-les-Feuilles, de Saint-Georges-les-Landes, des Chezeaux, ne faisant dans chacun de ces endroits que de très courtes haltes.

A Lussac-les-Eglises, ils descendirent chez M. Henri Belval, ami intime de M. de Gervil. Au séjour qu'ils y firent se rattache une histoire intéressante que nos jeunes lecteurs nous sauront gré de leur répéter.

Victorine et Alfred, en s'amusant, avaient eu une petite rixe dont M. Belval seul s'était aperçu, parce que M. et Mme de Gervil avaient été obligés de s'éloigner un instant. Victorine avait tort. Mais Alfred, un peu plus sensible, suffoqué de douleur par cette observation faite avec une bonté toute paternelle : *Si vos parents étaient là, ils vous gronderaient,* était sorti, ne pouvant plus contenir ses larmes.

Victorine était donc restée seule auprès de cet auguste vieillard qui lui présenta les suites funestes des moindres jalousies entre frères. Nul mieux que lui ne pouvait raconter un fait célèbre dans tout le village, car il avait connu particulièrement et la victime et le bourreau.

Les cheveux blancs, la noble tête et l'état de souffrance habituelle du vénérable octogénaire donnaient à sa parole quelque chose de touchant et de solennel.

— Ecoutez-moi donc, dit-il, mon enfant ; mon grand âge, par conséquent ma longue expérience, ainsi que mon affection bien vive pour vos respectables parents me donnent le droit de vous adresser quelques conseils. Prêtez-moi une oreille attentive ; car, entre autres faits à vous citer, j'en choisis un bien frappant, ce me semble, et bien vrai, puisque je l'ai vu de mes yeux.

Oui, beaucoup de fléaux désolent cette pauvre terre et y détruisent le peu de bonheur qu'on peut y goûter. Mais aucun n'est peut-être plus terrible que la jalousie, surtout entre frères. Comment définirons-nous ce secret dépit qui consume, dévore incessamment l'âme où il est parvenu à s'établir? Dirons-nous de lui qu'il n'a point d'yeux, point d'oreilles, point d'intelligence, point de cœur? nous nous nous tromperions; car il a des yeux qui voient toujours le sombre et le noir, des oreilles qui entendent toujours le mal, une intelligence qui comprend et raisonne toujours de travers, un cœur qui tressaille toujours de joie lorsqu'il s'agit d'humilier, de vexer, de perdre l'être qui a le malheur de déplaire.

Cette histoire, mon enfant, mieux que mes paroles, va donc vous dépeindre ce vice si étrange, si bizarre, si contradictoire, mais qui, tout absurde qu'il est, finit par ôter à tout homme raisonnable les premières notions du bon sens; à un homme bien élevé, la connaissance des règles élémentaires de l'éducation et de l'honneur; à un homme généreux et bon, les plus faibles sentiments de cet amour que la nature même lui impose envers ceux avec lesquels elle a voulu le lier par les liens les plus étroits.

M. Duhamel, riche commerçant de Limoges, sentait approcher son heure suprême. Une affreuse inquiétude déchirait son cœur, et, avant de mou-

rir, il cherchait une consolation qu'il demandait en
vain depuis longtemps, et dont l'absence avait singulièrement contribué à assombrir et à abréger ses
jours. Malgré sa tendresse également vive pour ses
deux fils, le *mauvais* Théodore et le *bon* Charles ;
malgré même son attention toute spéciale à ménager
l'ombrageuse susceptibilité de celui-là qui était l'aîné,
il avait toujours remarqué en lui une inexplicable
méfiance, je ne sais quoi de triste et de repoussant
qui révélait la présence d'un sentiment d'aigreur à
l'égard de son frère.

Ne se voyant que trop malheureusement fondé à
penser qu'une prochaine rupture éclaterait entre
ces deux jeunes gens, puisque des motifs d'intérêt,
c'est-à-dire le partage de sa succession, allait exciter
encore cette antipathie, le vieillard se décida à les
appeler auprès de son lit de mort pour obtenir une
explication loyale et généreuse, et leur adresser
avec sa bénédiction suprême un dernier mot de
paix, une dernière parole d'amour.

« Je vous ai demandés, mes chers enfants, dit
M. Duhamel à Théodore et à Charles, placés l'un à
la droite, l'autre à la gauche de son lit ; j'ai voulu
que nous fussions seuls, qu'il n'y eût absolument
d'autre témoin de cette triste entrevue que le Dieu
qui nous regarde et devant qui je vais bientôt pa-
raître...; car j'ai quelque chose de bien important
à vous dire !

» Vous le voyez, ma vie s'éteint..., et je voudrais

tant mourir en paix avec la douce assurance que vous serez heureux !

» Oui, j'ai là sur le cœur, dit-il d'une voix étouffée, un poids bien lourd ; et, si vous y consentiez, mes bons fils, j'en ôterais une bonne partie, ou plutôt vous m'en délivreriez totalement..... »

— Parlez sans crainte, interrompit Charles en se jetant à son cou, quoi que vous ayez à nous apprendre, à nous recommander... N'est-ce pas notre félicité seule qui a toujours préoccupé votre cœur ?

— Oui, parlez, murmura aussi Théodore, mais froidement, et restant à la même distance où il s'était d'abord placé.

Prévoyant, en effet, les reproches qu'allaient exhaler les lèvres mourantes du vieillard, il avait détourné sa tête pour cacher une larme que lui arrachait le cri de la nature. C'est que, sachez-le bien, Victorine, un rien effraie le coupable et le décontenance.

— Eh bien ! donc, continua M. Duhamel, j'essaierai de vous raconter le sujet de mes angoisses.

« Il y aura bientôt trois ans que nous avons perdu, vous une tendre mère, moi une excellente épouse...... ; elle était jeune encore....., elle était forte....., et une maladie la consumait jour par jour sous nos yeux sans que les plus habiles médecins pussent opposer le moindre obstacle à ses effrayants progrès..... Quel mal cruel, malgré tous nos soins, tous nos sacrifices, dévorait donc ainsi votre mère ?... Depuis longtemps le sourire du bonheur n'effleurait jamais ses lèvres...... ses journées s'écoulaient longues, ses tristes nuits sans sommeil.... Encore une fois, d'où venait ce sombre abattement ?

» Car elle aurait dû être heureuse. Avait-elle un seul ennemi ? Les pauvres ne la bénissaient-ils pas ? N'était-elle pas aimée et vénérée de tous ? Que lui manquait-il dans l'intérieur de sa famille ? Possédant mon cœur tout entier, pouvant jouir de ma fortune, elle voyait nos affaires prospérer sans que la moindre déloyauté contribuât à cet accroissement béni du ciel. Ses deux fils qu'elle chérissait plus qu'elle-même, son Théodore et son Charles, ne répondaient-ils pas à ses soins, à sa tendresse ? Dès leur plus bas âge, objets de sa sollicitude, ne semblaient-ils pas aussi, mon Dieu, avoir été dès l'enfance sa consolation, son bonheur, sa plus douce gloire ? Pourquoi donc votre mère était-elle consumée par un chagrin dont les ravages se produisaient sensibles dans tous ses traits ?

» Dois-je vous révéler, mes fils, un secret qu'elle n'a confié qu'à moi seul ? Dois-je continuer ? Son secret est celui que je voudrais aussi vous confier avant de mourir !!... »

Et le vieillard regardait fixement surtout le malheureux Théodore, qui, comme frappé de stupeur, n'osait lever les yeux.

Pour Charles, que ce langage atterrait, dont mille idées, mille craintes traversaient à la fois l'esprit et le cœur, baignant de ses larmes les mains du vieillard, il put à peine lui répéter :

— Oh ! parlez , bon père ; déchargez dans notre sein tout le poids qui le comprime !!...

Après quelques moments du plus morne silence, pendant lequel M. Duhamel avait incliné la tête sur son oreiller , il se releva et continua son triste récit en soupirant et regardant tour à tour le ciel et ses deux fils.

« Nous vous avons donné et fait donner une bonne éducation , nous n'avons reculé devant aucun sacrifice, vous le savez. Pour que vos cœurs fussent plus étroitement unis, vous avez été associés à mon commerce. Des rapports de tout instant, nous disions-nous , des rapports nécessaires rendront Charles indispensable à Théodore , et réciproquement ; et tous les deux par leur intelligence , surtout par leur vive amitié, accroîtront une fortune que, moins favorisé qu'eux, j'ai eu tant de peine à acquérir. Avec vous mes affaires ont de plus en plus prospéré : car l'union fait la force ; la division disperse et ruine tout , mes chers fils !

» Or, ces belles espérances n'auraient-elles été que des rêves ? Le Ciel n'aurait-il prolongé ma vie jusqu'à cette heure que pour voir mes enfants dissiper dans leur inimitié le bien que je leur ai conservé si religieusement ? »

Ces paroles furent comme un coup de foudre pour Charles. — D'où vous viennent, mon père, s'écriat-il , ces sinistres pressentiments ? pourquoi ces craintes ? En vérité, n'ai-je pas toujours aimé mon frère ?

Théodore gardait un morne silence.

— Approche, Théodore, reprit M. Duhamel, comme s'il n'avait pas entendu la réponse si candide et toute spontanée de Charles.

Théodore fit un pas en avant.

— Ta pauvre mère, tu le sais, était d'une sensibilité extrême, son amour si généreux et si vigilant s'ombrageait des moindres choses capables de porter atteinte à votre bonheur. Te le dirai-je donc ? oh ! non, je n'emporterai pas sa confidence dans la tombe : elle trouvait en toi j'ignore quoi de sombre et de glacial ; rarement tu répondais à ses caresses ; plus elle te multipliait les prévenances et les attentions, plus ta physionomie restait impassible. Jamais surtout elle ne te voyait accueillant pour ton frère, bien que vous eussiez dans son cœur une place aussi étendue l'un que l'autre. Sans doute rien de grave en toi ne précisait ton antipathie pour Charles ; mais aussi rien ne manifestait un attachement sincère et vraiment fraternel. Etais-tu réellement coupable ?... Voilà ce que son cœur n'osait demander, voilà des soupçons qu'elle n'osait confier à personne, pas même à moi : et ce n'est qu'au lit de mort qu'elle m'avoua que cette crainte épouvantable était le mal qui la dévorait, la fièvre cachée qui échappait aux efforts des médecins !...

» Je la blâmai ; je la rassurai ; je lui fis des promesses en ton nom..... rien ne put raviver ses forces éteintes..... Elle mourut, Théodore, ta pauvre mère, sans t'avoir jamais parlé d'un soupçon, qui, s'il eût été faux, s'il eût pu tant soit peu refroidir ton affection et altérer ton bonheur, eût été pour elle l'objet d'un trouble et d'un remords éternels !... »

Théodore restait muet, la tête inclinée derrière celle de son père.

Le fils aîné de M. Duhamel, ma bonne Victorine, n'était pourtant pas une de ces natures basses et cruelles que rien n'émeut; mais, timide et incertain dans toutes ses résolutions, il n'avait pas le courage de dévoiler sa pensée contre son frère; et, au fond, pouvait-il ne pas rougir d'un sentiment qu'il avait conçu et laissé grandir sans aucune raison tant soit peu excusable. Pourquoi n'aimait-il pas Charles ? C'est que, remarquez bien ceci, sur les bancs de la même école, constamment Charles avait eu le premier rang, et lui seulement le second. Etait-il donc coupable, ce bon Charles, parce qu'il faisait preuve de plus d'aptitude, d'activité, d'application, que son orgueilleux aîné? Et voilà l'effet de la jalousie.

Or, n'est-ce pas pour une chose moins importante encore qu'Alfred et vous disputiez il y a un instant?

La pauvre Victorine ne répondit que par de grosses larmes. C'était pour voir avant son frère une misérable gravure qu'ils en étaient venus aux gros mots.

M. Belval continua :

— Aussi bien le malheureux Théodore fut-il

2..

atterré par cette révélation imprévue. La mort précoce
de sa digne mère, l'amertume et l'angoisse dans lesquelles il voyait son père s'éteindre, lui faisant un
instant oublier Charles, arrachaient des sanglots du
fond de son cœur. Il n'avait pas soupçonné comment
l'œil pénétrant de ceux qui l'aimaient plus qu'eux-
mêmes avait pu reconnaître, à travers son ombrageuse susceptibilité, la cause réelle des nuages qui
couvraient presque constamment son front; et il allait
donc faire un aveu, si l'orgueil de son âme étroite
et jalouse eût pu en dévorer la confusion.

Quant à Charles, dans ce moment cruel, ne
voyant que la prolongation possible des jours de son
père, uniquement occupé de la pensée de rassurer
son cœur, il pressait amoureusement dans ses bras,
et sans pouvoir articuler un seul mot, l'infortuné
Théodore.

Quelques instants s'écoulèrent pendant que tous
les trois versaient des larmes abondantes dont la
cause n'était pas la même, comme vous voyez,
mon enfant.

Le mourant reprit :

« Peut-être, mes enfants, parce que les affaires
absorbaient une grande partie de mes journées et
de mon attention, j'ai peu remarqué cette antipathie dont l'explosion, qui semblait prochaine à votre
mère, la tenait plongée dans un abîme d'inquié-
tudes. Oui, je croyais que vous vous aimiez ; je
croyais, Théodore, que tu ne haïssais pas ton frère!...
Me faisais-je illusion ?... Mais parle-moi, mon bon

fils , pendant que le Ciel me laisse encore auprès de vous ; si ma voix ne t'est pas étrangère, si mes conseils ont quelque influence sur ton cœur, si les recommandations d'un père mourant sont puissantes sur des âmes bien nées , comme la tienne , dis-moi sans crainte : ta pauvre mère s'était-elle trompée dans ses conjectures douloureuses ? Est-il vrai que tu n'as pas pour Charles cet attachement sincère dont il nous semble qu'il a toujours fait preuve à ton égard ?

— Mais, s'écria Charles , croyez fermement que nous nous aimons. Je connais le cœur de Théodore, et je vous réponds de sa bonté... Cessez de vous tourmenter !...

Théodore restait toujours muet, et laissait froidement sa main pressée sur les lèvres des Charles.

— C'est toi que j'interroge , poursuivit plus instamment M. Duhamel, Théodore, parle-moi ! Une seule de tes paroles me donnera la paix , assurera mon repos dans mon cercueil !... Au nom de ton père mourant, au nom du Ciel , explique-moi ton silence !!...

« Tiens, écoute , tu n'as pas à te plaindre, je le crois, d'aucune préférence de ma part ; ai-je jamais accordé à Charles quelque chose que je t'ai refusée ? Ma tendresse a-t-elle été moindre pour toi que pour lui , et lui-même a-t-il été dur à ton égard ? A-t-il de quelque manière blessé ton cœur, altéré ta réputation , troublé ton bonheur, froissé tes intérêts ? Parle-moi... ; je vais , je veux être votre intermé-

diaire : je serai impartial, oui, impartial, comme
j'ai la conscience de l'avoir toujours été. Je vous
entendrai tous les deux, et ma parole, je l'espère,
étouffera dans son germe un sentiment qui ne peut
que grandir et enfanter les conséquences les plus
déplorables... Mes bons fils, que je sois votre arbitre, votre conciliateur ! Que ma dernière bénédiction fortifie dans vos cœurs un amour qui ne s'é-
teigne jamais !!... »

Théodore balbutia ces mots : Pourquoi m'accu-
ser ? qu'a fait Charles de mieux que moi ?...

Ces paroles froides, et devinées plutôt qu'articu-
lées distinctement, démontraient avec plus d'évi-
dence que Mme Duhamel avait bien mis le doigt sur
l'ulcère qui dévorait le cœur de son fils aîné. Cette
réticence au milieu d'une telle scène d'attendrisse-
ment et de désolation achevait de confirmer le vieillard dans ses tristes pressentiments, et lui faisait
une conviction de ce qui n'avait été pour lui qu'un
soupçon jusqu'à ce moment. L'affreuse vérité se
dévoilait. Il continua donc, en faisant les derniers
efforts :

— Théodore, je t'ai demandé si tu aimais Charles, et tu ne réponds pas. Eh bien ! dis-moi toi-
même alors comment je dois agir pour raviver en
toi un sentiment d'amour que ta pauvre mère et
moi n'avons pas un seul instant cessé d'encourager?

« Je vous laisse une assez belle fortune, avec la
réputation que notre maison s'est acquise ; je crois
que, travaillant ensemble, et dans des temps meil-

leurs que ceux où j'ai commencé, vous l'accroîtrez sans peine. Crains-tu que Charles ne t'abandonne, et que peut-être plus affable, plus conciliant, plus intelligent que toi ; — pardonne, mon fils, à ces prévisions dans lesquelles s'égare ma douleur, à ces questions que je m'adresse pour sortir d'un doute dont, tu le vois, de plus en plus le poids m'accable ; — oui, mon fils, crains-tu que, séparé de ton frère, tu ne réussisses pas ? Charles t'aurait-il par ses manière d'agir inspiré jamais lui-même cette crainte ? Eh bien ! Charles ne me contredira pas, Charles respectera ma volonté, j'en suis sûr : je vais te promettre en son nom qu'il ne se séparera jamais de toi, que tes intérêts seront les siens, et que tous ses efforts tendront à te rendre aussi heureux que lui. »

— Oh ! oui, mon père, répéta Charles, prenez-le sans crainte cet engagement ! Que Dieu me soit témoin que telle a été et telle sera toujours la douce pensée de mon cœur.

Plus Charles se montrait généreux, plus, sans s'en apercevoir son père manifestait de confiance et d'amour, et plus augmentait la confusion du malheureux Théodore.

Mais laissez-moi ici, ma petite Victorine, vous faire une observation. Il est de ces âmes que la moindres bagatelle irrite et égare promptement ; elles sont entraînées loin, mais il y a en elles un fonds de droiture et d'énergie qui, éveillant le remords, les pousse comme instinctivement vers la main qui leur est tendue. Rarement elles résistent à la première avance qui leur est faite, et leur retour est d'autant plus entier et sincère que leur crime a été plus grand, leur erreur plus profonde.

Il en est d'autres dont la froide raison est moins susceptible de monstrueux écarts, mais qui, étroites dans leurs pensées, égoïstes dans leurs affections, mesquines dans leurs sacrifices, impassibles dans leurs projets, spéculatives dans leur stérile amour-propre, ne modifient en rien leurs préjugés et leurs préventions, si déraisonnables qu'ils soient. Combinant sans cesse de petits moyens, de plates intrigues, pour atteindre leur but, plus on les met à découvert, plus on les leur montre indignes et méprisables, et plus leur orgueil froissé se révolte. Une honte secrète endurcit leurs cœurs, un hideux amour-propre fortifie leurs mauvaises tendances. Ames molles, pusillanimes, équivoques, plus dangereuses dans les sociétés et au sein des familles que des âmes moins bonnes en apparence, mais nettement dessinées dans leurs paroles et leurs œuvres.

Telle était l'âme de Théodore. Dans la proposition si noble et si spontanée de Charles, dans les anxiétés de son père, qui auraient dû réveiller en lui le sentiment de la nature et le repentir, il ne vit qu'une scène concertée d'avance et une préférence marquée pour celui qu'il jalousait si indignement. Poussé à bout, il ne put que proférer à demi-voix ces paroles entrecoupées :

— Je ne sais si j'aurai besoin de Charles ; mais

j'aimerais mieux mourir que de mendier le secours
de qui que ce soit....

Ce fut alors que, retombant sur sa couche, M. Du
hamel s'écria :

« Pourquoi n'ai-je pas voulu emporter le secret
de votre mère dans la tombe ? Pourquoi vous ai-je
appelés en cette heure suprême où le recueillement
et le calme sont si nécessaires? Pourquoi, en voulant
conjurer l'orage, en ai-je, malheureux père que je
suis, provoqué la fatale explosion ? Je mourrai, et
mes deux fils ne béniront pas ma mémoire, ne viendront pas s'agenouiller ensemble sur la terre qui
recouvrira les dépouilles de leur sainte mère et les
miennes...

» Vois, Théodore, dans un instant peut-être je
ne serai plus.... Que faut-il que je fasse pour répa-
rer les torts de Charles et ceux que moi-même j'ai
pu avoir envers toi? Vous aimant d'un égal amour,
je n'ai point songé à régler mes affaires, je n'ai
point écrit de testament, dans la pensée que j'eusse
outragé vos cœurs si j'eusse agi autrement. Mais
pour te prouver que, quels que tu nous supposes,
nous n'avons eu jamais l'intention de te nuire, de
te désobliger, parle : veux-tu que je t'abandonne
la disposition et la direction totale de mes biens,
laissant à ta conscience la juste obligation de
dédommager ton frère selon ses services et sa
collaboration ? Réfléchis un peu, et donne-moi,
je t'en conjure, une parole de consolation !... Hâte-
toi, je me meurs !!... »

Cette entrevue, en effet, était au-dessus du peu de forces qu'avait pu rappeler le noble cœur de M. Duhamel..... Ces derniers mots étaient sortis de ses lèvres avec son dernier soupir !....

Voyez-vous, ma bonne Victorine, les suites de cette affreuse jalousie?... la mort du meilleur des pères..... Mais ce n'est pas tout. Voulez-vous que je continue cette triste histoire ?

— Oui, répliqua l'enfant émue. J'éprouve tant de bonheur à vous écouter ! Oh ! combien j'ai horreur de ce méchant Théodore ! j'aimerais mieux mourir que de lui ressembler tant soit peu.

— Dieu entende et bénisse vos paroles, reprit M. Belval en lui tendant affectueusement la main ; et il poursuivit :

III

Suite de l'Histoire de M. Duhamel.

CHARLES était tombé évanoui dans les bras de Théodore. Le lendemain ils conduisirent ensemble le deuil de leur père et ils arrosèrent de leurs larmes le sol de sa dernière demeure.

Charles avait horriblement souffert pendant cette scène de douloureux aveux et de pressantes sollicitations qui avaient hâté la mort de celui qu'il pleurait. Cependant il voulut rester le même envers Théodore ; les moindres recommandations de son père n'avaient-elles pas toujours été pour son cœur sensible et chrétien des prescriptions sacrées ?

Et puis Charles était un de ces jeunes gens qui

Famille Blanzac.   3

perfectionnent, à l'aide d'une raison calme et droite, mûrie par la religion, toutes les douces habitudes du toit de famille qu'ils ont contractées dès la plus tendre enfance. Tout autre que lui se serait plaint, aurait provoqué une explication définitive ; mais il préférait attribuer l'insensibilité de Théodore à son caractère naturellement peu communicatif, ou plutôt, dans sa pieuse humilité, il s'accusait lui-même de ne pas être sans doute assez affectueux.

Aussi bien, pendant qu'il adressait un dernier adieu aux restes chéris de son père, avait-il promis de tout oublier et de remplir plus scrupuleusement encore les plus petits devoirs de l'amitié fraternelle.

Quelques mois s'écoulent, et l'harmonie semble régner entre les deux frères. Par sa prévenance, par sa soumission presque filiale, Charles obligeait Théodore à se montrer moins ombrageux. Du reste ils n'avaient jamais parlé à personne, et ils n'avaient jamais osé se dire un mot des derniers moments de M. Duhamel. C'eût été, ils n'en doutaient ni l'un ni l'autre, remuer les cendres brûlantes d'un incendie mal éteint.

Au bout d'un an Théodore se maria. Dans l'espérance qu'une jeune femme aussi douce, aussi pieuse qu'Olympe ne pourrait qu'exercer une salutaire influence sur les idées et le caractère de son aîné, Charles lui avait non-seulement suggéré l'idée de cette union, mais encore il avait fait tous ses efforts pour en hâter la conclusion, constituant même ses propres biens en garantie de la dot considérable de sa belle-sœur.

Cela était beau, et Olympe avait un cœur capable de le comprendre. Aussi dès les premiers jours avait-elle manifesté à Charles une confiance entière, une amitié bien vive. Hélas ! ce qui aurait dû étouffer les sentiments jaloux de Théodore, lui dessiller complétement les yeux, ne fit que réveiller son envie et ses anciens sujets de haine.

Tenace et acariâtre dans ses projets, il ne cesse pas qu'il n'ait, par des signes de mécontentement, des demi-mots, de perfides instances, fait partager à Olympe son aveugle antipathie. Il l'obsède pour les moindres prévenances auxquelles cependant elle était bien légitimement tenue envers Charles. Il lui reproche de partager entre eux son affection. En un mot, par ce genre de séductions astucieuses qui sont toujours puissantes sur une femme sensible et inexpérimentée, il rend presque soudainement Olympe d'un froid glacial envers le généreux Charles.

Vous le comprenez donc, mon enfant, la navrante indifférence que le jeune Duhamel voyait reparaître plus que jamais chez un frère pour le bonheur duquel il avait multiplié les sacrifices ; le changement si complet et si imprévu de sa belle-sœur, livrèrent son âme aux plus douloureuses réflexions. Point de doute à ses yeux que le moment ne fût venu de prendre paisiblement un parti. Une rupture pénible et probablement scandaleuse n'était-elle pas inévitable et prochaine ? Cependant à quoi se décider ?

Se séparera-t-il ? Mais il a promis à son père de vivre toujours travaillant de concert avec Théodore; il en a renouvelé l'engagement envers Olympe et sa famille ; et puis, si la haine existait entre eux alors que leurs intérêts étaient identiques, ne serait-elle pas plus violente et plus fatale lorsque, dans une même ville de province, se faisant concurrence l'un à l'autre, ils se disputeraient la clientèle commune de leur père ?...

D'un autre côté, restera-t-il ? Mais indépendamment de ce qu'il aura à souffrir lui-même, et qu'il n'aura peut-être pas toujours la force de supporter, n'occasionnera-t-il pas entre les deux époux une discorde qui fera leur malheur et sa honte ?...

Telle était l'incertitude dans laquelle gémissait le bon Charles ; et pourtant, il le sentait, il fallait se résoudre, ne pas laisser aggraver le mal.

Il se décide donc à un assez long voyage pour leurs affaires. Soumettant son projet à Théodore, s'étudiant à lui en démontrer la nécessité et les avantages, au point de vue commercial, il lui faisait, avec le ménagement d'une exquise délicatesse, une avance qui allait positivement déterminer leurs pensées respectives.

Mais Charles n'en retira qu'une conviction malheureusement plus profonde des vraies dispositions de l'ingrat Théodore, dans l'empressement avec lequel il accueillit sa demande, puisqu'au fond ce voyage étant inopportun et inutile ; au lieu de l'exciter à partir, il aurait dû le retenir près de lui.

Après l'adieu le plus aimant à Théodore et à Olympe, Charles se dirigea sur Besançon.

Puisque vous êtes, Victorine, une petite voyageuse, laissez-moi vous faire ici quelques réflexions que vous saisirez, j'en suis sûr.

Les voyages influent diversement sur le moral des personnes qui les entreprennent : les unes, superficielles et légères, aiment cette vie agitée, variée par mille incidents quotidiens, parce qu'il faut des distractions à leurs habitudes et à leurs plaisirs monotones : elles trouvent donc dans ces courses aventureuses, le moyen le plus sûr de se débarrasser des pensées qui les importunent, d'échapper à elles-mêmes.

Les autres, et Charles était de ce nombre, naturellement graves et réfléchies, s'y mûrissent au contraire singulièrement. L'isolement continuel où elles vivent, — car j'appelle être seul, vivre toujours avec des personnes étrangères et inconnues, — les porte à la méditation qu'elles aiment. Sont-elles, au départ, affectées par une pensée, par un sentiment, placées ainsi à longue distance des objets qui les leur ont suggérés, elles les raisonnent, les analysent, les commentent sous toutes les formes pendant tout le temps de leur éloignement ; de sorte que ce qui n'était d'abord qu'à l'état vague de désir, est devenu au retour idée fixe, projet bien arrêté. Charles était donc revenu à une pensée qu'il avait cue au sortir de l'école. L'état ecclésiastique s'harmonisait avec ses goûts , ses mœurs et sa piété fervente. La solitude du voyage, l'absence de préoccupations, lui ayant laissé tout le loisir, tout le calme nécessaires à une décision aussi grave , deux mois après son départ il écrivit à Théodore une lettre conçue à peu près en ces termes :

Besançon , le 6 décembre 1784.

Après de mûres réflexions, mon cher Théodore , je me décide à te faire part d'une détermination importante , de l'exécution de laquelle ta réponse précisera l'époque.

En terminant nos études, j'avais , tu le sais , quelque idée d'entrer dans l'état ecclésiastique ; mais les observations de notre bon père , mon concours qu'il jugeait utile , notre attachement mutuel , me firent renoncer à ce projet.

Aujourd'hui les circonstances sont changées, ton intelligence et ton activité ne me laissent pas le moindre doute que tu seras en état de continuer seul avec succès les affaires ; tu as dans ta douce Olympe un conseil sûr et un appui qui ne saurait te faire défaut. Pourquoi, dès lors , ne reviendrais-je pas à une pensée qui me souriait délicieusement? tes succès ne me dégagent-ils pas de ma promesse ?

Je sais bien qu'il te sera dur de consentir à l'éloignement d'un frère qui ne t'avait jamais quitté, avec lequel tu espérais sinon finir tes jours, passer du moins de très longues années. Crois-le, mon cher Théodore , dès le lendemain où la tombe a reçu notre père, c'est aussi la cruelle pensée de me séparer de toi et de celle qui est devenue ma tendre sœur , qui m'a fait hésiter ; c'est elle qui m'a porté à entreprendre ce long voyage, pendant lequel j'espérais méditer plus sérieusement.

Il m'a paru certain que l'homme ne pouvait être vraiment heureux que là où Dieu l'appelait. Il t'a donné à toi de l'aptitude, du goût pour le commerce; aussi bien cette vie te plaît. Quant à moi, je l'ai interrogé religieusement aussi, et il m'a semblé qu'il ne me voulait pas dans cet état, puisque je n'y vivais qu'à contre-cœur.

Oui, je crois que Dieu m'appelle. Fais part de ma résolution à notre chère Olympe; dis-lui de me donner une petite prière. J'attends ta réponse.

Adieu. Ton meilleur ami,

Charles DUHAMEL.

La réponse de Théodore ne se fit pas attendre. Il était aisé de la prévoir. A travers quelques phrases sentimentales dont chaque syllabe avait été froidement pesée, on y reconnaissait nettement cette pensée dominante : Tu fais bien, je ne demande pas mieux.

Cette réponse fut immédiatement suivie d'une seconde lettre de Charles encore plus confiante, encore plus affectueuse que la première. « Je te donne, lui disait-il, d'hors et déjà, tout ce que je puis avoir de fortune engagée dans le négoce; réserve-moi seulement la moitié de la propriété de notre père, m'en rapportant à ta loyauté pour les revenus que tu m'en paieras chaque année. »

Le contentement perçait dans la réponse hypo-

crite où Théodore semblait accepter cette proposition.

Charles entra donc immédiatement au séminaire
de Paris. Il n'y avait plus à hésiter pour lui, ces deux
lettres mettaient fin à tous les scrupules de sa conscience alarmée par la promesse solennelle qu'il
avait faite au lit de mort et sur le cercueil de M.
Duhamel.

Sans doute il revêtait avec joie la soutane. Cependant, si vous m'avez bien écouté, Victorine, vous
comprenez que Charles avait beaucoup souffert avant
de prendre ce parti décisif qui brisait réellement
toute son existence. Oui, il avait de la foi, mais
cette épreuve n'en était pas moins forte ; car une
détermination pareille exige plus qu'une foi ordinaire
et commune. La vie d'un bon prêtre est quelque
chose de si sublime.

Toutefois, s'il y eut souffrance intime dans le
cœur de ce noble jeune homme, il n'y eut pas un
seul instant d'hésitation, encore moins de regrets.
Dieu, d'ailleurs, mon enfant, mène tout à ses fins
par des chemins que l'homme ne saurait prévoir.
Il voulait sans doute que la consécration de Charles
fût un peu différée, parce que ce retard devait la
rendre meilleure et plus fructueuse. Aussi bien celui qui fut un des plus fervents lévites, était-il, en
1786, un des prêtres les plus édifiants et les plus
aimés. Le Ciel, en échange de ses sacrifices, lui pro-
diguait la paix et le bonheur dans la difficile carrière
où son cœur généreux l'avait poussé.

Placé par monseigneur d'Argentré, évêque de Limoges, à la tête de cette paroisse, il en faisait les délices, lorsque éclata notre terrible révolution. Dans les prisons étaient entassés les prêtres fidèles à leur Dieu et à leurs serments, et les échafauds ruisselaient de leur sang. Triste époque, marquée par tant de crimes, mais aussi, grand Dieu! par tant de vertus!

Le jeune curé de Lussac avait trop de dévouement, et surtout trop d'influence, pour que sa tête ne fût pas désignée aux comités cruels qui, disaient-ils, avaient mission de veiller au salut de la France. Il dut fuir, et naturellement se diriger du côté d'un frère qui serait son défenseur et son abri. Pour lui, point de doute que Théodore, riche et puissant dans Limoges, ne se hâtât de le soustraire à la hache qui le menaçait. Pouvait-il soupçonner qu'il restât dans son cœur les moindres souvenirs du passé?

Il arrive, et caché dans la maison de campagne paternelle, il s'informe auprès d'un vieux domestique de la position actuelle de son frère. Or, Duhamel aîné jouait un des principaux rôles dans ces sanglantes condamnations! Après être resté quelques jours accablé sous le poids de cette désolante nouvelle, il se décida à lui faire part de sa secrète venue. N'espérait-il pas d'ailleurs que ses représentations, son souvenir, son amour, aideraient à sauver la vie de bien des têtes aussi innocentes que la sienne?

3..

Difficilement, ou plutôt jamais, l'homme juste ne croit à l'impuissance totale de la vertu sur les méchants; encore moins croit-il aux cris de joie satanique qui s'échappent de leur ignoble poitrine lorsqu'ils la voient persécutée par le vice triomphant. Charles, par cinq années d'études intimes sur les misères humaines, par cinq années d'expérience au sein du troupeau dont on lui avait confié la houlette pastorale, avait sans doute appris de quoi sont capables les passions dans leur aveuglement, leur bassesse et leur cruauté.

Il savait aussi, à n'en pas douter, la ténacité de Théodore, puisqu'il en était la victime. Cependant il croyait à l'oubli de toute haine, puisque depuis plusieurs années le motif en avait entièrement disparu.

Il se trompait, le noble Charles : l'expérience ne l'avait pas suffisamment instruit, et le temps était loin d'avoir apporté dans le cœur de son indigne frère les changements qu'il était en droit d'en attendre. Sa haine avait encore grandi en raison des pieuses observations et des sentiments de justice et de piété par lesquels, depuis le jour de leur mariage, Olympe n'avait cessé de chercher à la confondre, ou du moins à la désarmer.

Non, Théodore ne prononça point la sentence de mort contre son frère, il ne le livra point aux bourreaux : il eut sans doute peur de l'ombre vengeresse de son père et de sa mère; il craignit sans doute qu'une ville indignée, aux jours possibles d'une réaction, ne lui demandât compte du sang d'un homme qu'il aurait dû épargner au prix de toute sa fortune et de sa vie même. Que fit-il donc? Écoutez, mon enfant : peut-être fut-il moins coupable aux yeux de la terre, mais non sans doute aux regards du Ciel.

Charles écrit à Théodore, qui lit la lettre, la remet immédiatement, lui faisant dire : « Tu as eu tort de venir en ces lieux, je ne puis rien pour toi; fuis, car tu me compromettrais ainsi que ma femme et mes deux jeunes enfants. » Tel était à peu près le contenu de cette barbare missive.

Huit jours après, Charles, traîné dans les fers, jugé, condamné, succombait sous l'infâme couteau !

Avant que son innocente tête tombât, il crut cependant, le noble martyr, devoir adresser à Théodore ces quelques lignes dont je possède l'original :

« Mon cher frère, dans quelques heures, tu le sais, je vais mourir... De minute en minute j'attends le bourreau....

» Et moi aussi j'ai longtemps gardé sur le cœur un affreux secret..... Rappelle toi ma vie entière : n'es-tu pas l'auteur de ma mort ?

» Je te pardonne !! je te pardonne !...

» Mais prends garde à la vengeance du Ciel ! Tu as d'affreuses expiations à lui offrir pour détourner de ta tête les calamités que je vois amoncelées contre elle.

« Tu m'as toujours haï; et moi, je prends mon Dieu à témoin que je t'ai toujours aimé. Recommande à Olympe de prier pour toi, pour tes enfants, pour elle-même !

» Ne crois point que ce soit la frayeur qui motive ces lignes ; non, j'ai toujours mis ma confiance unique dans ce Dieu pour le saint nom duquel j'ai la gloire de mourir, et quand tu les recevras, j'aurai comparu devant lui. Puisse-t-il être assez miséricordieux pour souffrir que ma faible voix monte à son cœur lui demander ta grâce!... »

Mais la lettre resta sans réponse.

Et voilà, ma chère Victorine, ce que j'avais à vous dire sur la jalousie. Voyez-vous où conduit cette malheureuse passion d'un frère contre son frère ? Et moi, qui ai connu Théodore, je vous assure cependant qu'il n'était naturellement ni avare ni cruel.

Or, je ne doute pas que si Alfred et vous aviez souvent de petites disputes comme celle dont vous venez de me rendre témoin à propos d'une insignifiante gravure, vous finiriez par ôter à vos bons parents et à vous-mêmes ce qui fait tout le bonheur d'une famille, la paix et l'amour.

Il faut être indulgent et bon pour tout le monde, ma chère enfant, supporter les défauts d'autrui si nous voulons qu'on pardonne les nôtres. Voilà ce que je me dis tous les jours ; voilà ce que je vais me rappeler de temps en temps sur la tombe de ce bon curé de Lussac, de ce cher Duhamel qui fut mon intime ami, qui pendant quatre ans se concilia tellement tous les cœurs des habitants de cette paroisse, qu'ils ont fait venir ses restes et les ont ensevelis sous le plus beau mausolée de notre cimetière.

Victorine ne perdit pas un mot de cette touchante histoire ; elle la raconte après huit années comme elle la redisait le lendemain du jour où elle l'entendit.

Mais son cœur surtout en garda le plus fidèle souvenir. Et c'est là, le véritable, le meilleur fruit des bonnes paroles qu'on a entendues. Jamais sœur ne fut plus prévenante pour un frère que Victorine pour Alfred ; jamais enfant ne prit plus d'attention à éviter les moindres occasions capables d'altérer la douce paix du toit paternel.

IV

Bessines. — Laurière. — Les Hôtelleries de Bersac.

LES communes du nord-ouest du département offrant moins de particularités que celles du nord-est,
la famille de Gervil, quittant Lussac-les-Eglises, se
réserva , si le temps lui permettait de rentrer par là
à Blanzac, le plaisir de visiter Azat-le-Ris, avec
son antique château du Ris-Chauveron, Tersannes,
Oradour-Saint-Genest , Bussière-Poitevine.

En parlant du château du Ris-Chauveron, M. de
Gervil leur avait dit : C'est un des plus anciens édifices de ces contrées. Remarquable par sa tour et son
étang, dont la chaussée en pierre de taille est cram-

ponnée de fer, cette construction, d'une très grande hauteur, se voit de fort loin. A son histoire se rattachent plusieurs traits de charité, entre autres celui-ci. Un des propriétaires l'avait légué à condition que cinq cents pauvres habillés de neuf accompagneraient sa dépouille mortelle du Ris à Lussac, distant de trois lieues. Et cette tradition n'a pas été perdue, puisque la charité de M. D***, son possesseur actuel, est connue dans toute la contrée.

Les enfants furent un peu contrariés de retarder et de perdre peut-être une visite au château de Montagrier, près de Saint-Bonnet, qu'on leur avait souvent dépeint comme une des habitations qui rappellent le mieux les jolies maisons de plaisance des environs de Paris. On leur avait dit combien était enchanteur ce séjour par ses arbustes, ses plantes, ses oiseaux étrangers acclimatés; par ses jardins et ses parcs à l'anglaise, sa position pittoresque et romantique sur le cours sinueux de Gartempe. Mais il fallut céder aux sages observations fondées sur la brièveté des jours disponibles.

Donc, en redescendant du côté opposé, ils traversèrent Château-Ponsat, Bessines, Laurière, et les diverses communes qui forment ces trois cantons. Elle fut délicieuse la semaine passée dans ces parages aux aspects les plus riants et les plus variés.

Chemin faisant, M. de Gervil appelait l'attention de ses enfants sur les magnifiques points de vue que présentait cette partie du département. Remarquez, leur disait-il, ces campagnes dans toute la beauté de leurs détails. Assurément peu de provinces en France leur sont comparables sous ce rapport.

— Mais, papa, dit Alfred, est-ce qu'aucun écrivain ne s'est occupé de peindre ces tableaux ?

— Oh ! un grand nombre, au contraire, reprit M. de Gervil; nous ne pourrions être embarrassés que sur le choix.

Et, disant cela, il sortit d'une poche de la voiture un bel in-8°, orné de jolies gravures représentant des scènes villageoises ou divers sites du Limousin.

Je vais vous le lire, dit-il, et je verrai par vos questions si cette lecture vous aura été à profit; votre mère et moi ne demandons pas mieux que de joindre nos réflexions au récit du naturaliste.

« Le Limousin peut être proprement appelé un pays de montagnes. Non pas qu'il ait de hautes crêtes déchiquetées et bleuâtres comme les obélisques des Alpes, des pics anguleux et escarpés comme les pyramides des Pyrénées, ou des gibbosités couvertes de sapins comme les ballons des Vosges. Le Limousin n'a que des mamelons, des buttes, des collines, mais si fréquents, si nombreux, si accidentés, qu'il offre presque tout l'intérêt des pays traversés par des chaînes sans étonner le regard par l'aspect de masses imposantes et majestueuses. »

Oui, mes enfants, interrompit M. de Gervil, en déployant sous leurs yeux une carte, vous observerez nos principales chaînes de montagnes entre lesquelles serpentent plusieurs rivières ou ruisseaux.

Le point le plus élevé de la chaîne à droite du bassin de la Vienne est le *Puy-de-Vieux*, situé près de l'ancienne abbaye de Grandmont, dont nous examinerons bientôt les ruines ; il a 975 mètres au-dessus de la mer. Cette chaîne s'étend de l'est à l'ouest vers les communes de Blond, de Mortemart et de Bussière-Boffy ; là finit le sol granitique et commence bientôt le sol calcaire.

Sur l'autre chaîne, le point le plus élevé à gauche du même bassin est le mont *Jargean*, qui a 950 mètres au-dessus de la mer. Cette chaîne se prolonge vers La Roche-l'Abeille, Châlus, etc. Tout près de là est le *Puy-Conieux*, d'où, avec une lunette d'approche, on peut voir trois chefs-lieux : Limoges, Angoulême et Périgueux.

Les montagnes secondaires du Limousin comprennent deux chaînes dont l'une se dirige vers Eymoutiers, Bujaleuf et Sauviat, et l'autre passe par Treignac, dans la Corrèze.

« Le sol granitique, recouvert à peine d'une couche d'humus plus ou moins épaisse, est planté de bois et surtout de châtaigniers dont la teinte sombre donne un air de gravité à tout le pays. Des haies touffues partagent la campagne en compartiments diversement colorés ; vue d'une hauteur, elle a l'aspect d'un immense damier dont les cases jaunes et noires sont formées par des champs labourés et des prairies florissantes. Le mode d'irrigation particulier au Limousin contribue surtout à l'embellissement du spectacle et à la richesse de la végé-

tation. Le cultivateur, non content de l'abondance
de ces ruisseaux qui descendent de toutes les éléva-
tions, va prendre leurs eaux dans ces lits de cailloux
blancs où elles coulent si fraîches et si pures à
l'ombre des saules et des peupliers, les dirige dans
un labyrinthe de levées à travers les prairies, les fait
serpenter en longues et gracieuses spirales, ou les
tient prisonnières dans des écluses de gazon pour
les épancher sur le tapis de verdure où elles portent
l'abondance et la vigueur.

» Au printemps surtout cette province offre un
ravissant coup d'œil. Dans les prés, la végétation
étale aux regards les plus belles images ; de nombreuses espèces de myosotis épanouissent leurs fleurs
bleues au bord des ruisseaux ; les renoncules émail-
lent de leurs éclatantes corolles jaunes le gazon frais
et bien nourri ; des rotentilles argentées, des
anémones blanches, des campanules pourpres, en-
tremêlent agréablement leurs tiges délicates, leurs
feuilles aux mille formes, leurs couleurs tranchan-
tes : les orchis balancent leurs têtes pyramidales au-
dessus de la *lathræa clandestina* qui se cache dans
l'herbe, pendant que la blanc-ursine et l'angélique
odorante, ces géants des plantes prairiales, se haussent
sur leurs longues tiges rameuses pour dominer
l'immense famille des graminées.

» Les montagnes se revêtent de leurs plus brillants
atours : le grand liseron se glisse comme un serpent
autour des roches arides ; sept ou huit espèces
différentes de capillaires tapissent les crevasses de

leurs folioles sveltes et veloutées; des scillas nombreux fleurissent solitairement à l'ombre des troënes et des aubépines; et la violette répand comme un hommage modeste ses parfums enchantés autour du superbe doronic à feuilles en cœur, le roi peut-être de la brillante famille des astérées. »

— O papa, que c'est beau! s'écrièrent à la fois Alfred et sa sœur.

— Oui, mes enfants; mais ce n'est qu'une partie du tableau. Continuons :

« Les insectes semblent rivaliser de beauté avec le monde botanique si riche et si nombreux. Les papillons les plus remarquables par l'élégance de leurs formes et la vivacité de leurs couleurs, voltigent au milieu de toutes ces plantes, choisissent la fleur où ils butineront leur miel, où ils se reposeront comme dans un petit palais de nacre, où ils se laisseront bercer par un souffle caressant.

» Le flambé et le macaon habitent l'ombelle aromatique du fenouil; le sphynx atropos se cache sous les larges feuilles de la pomme de terre pendant la chaleur du jour, comme s'il craignait de montrer au grand soleil la hideuse tête de mort qu'il porte sur son corselet fauve. Le beau mars changeant, cet insecte, composé de saphirs et d'améthistes, joue à l'ombre vacillante des peupliers; et pendant que toutes ces espèces, fidèles à la plante natale, ne s'éloignent pas de leur berceau, les aurores, les argus, les danaïdes, les sphynx-bourdon, toutes ces jolies petites espèces printanières se livrent étourdiment au souffle du zéphir, sans se laisser effrayer par l'apollon que des coups de vent enlèvent quelquefois aux montagnes de l'Auvergne pour le jeter dans le Limousin.

» D'un autre côté, une foule d'oisillons de la classe des bec-figues, parmi lesquels on trouve le rossignol de muraille et le siffleur, font retentir les forêts ombreuses et sonores de leurs chants mélodieux; le loriot au corsage d'or, aux ailes noires et luisantes, se repose dans son nid d'aigrettes de chardons suspendu à la faible branche d'un chêne; le pic-vert et l'épeiche creusent à grands coups de leur robuste bec l'écorce vermoulue et abondante en insectes des vieux châtaigniers; le martin-pêcheur, à l'affût sur une branche morte, se laisse tomber sur les petits poissons qui s'élancent hors du ruisseau; et parfois un merle blanc, variété si longtemps fabuleuse, fait entendre son rire musical derrière la grappe noire d'un sureau (1). »

Voilà, dit M. de Gervil, bien des choses auxquelles vous avez peut-être prêté peu d'attention, soit à Blanzac, soit pendant les huit jours que nous venons de passer. Remarquez-les donc dorénavant. Toutefois, nous n'avons vu là qu'un côté de la médaille. Gardez-vous de croire que tout le Limousin offre ce spectacle. Il est des parties qui sont vraiment tristes à voir; il en est où les arbres deviennent rares, et

(1) Ephémérides de la Haute-Vienne.

ce ne sont ordinairement que des bouleaux au tronc pâle et effilé, aux feuilles grêles et presque sans ombre. Sous des bruyères à courtes fleurs, sèches et pourprées, se montre quelquefois une terre jaune et stérile; des ajoncs nombreux portent sur leurs épines la dépouille des moutons qui viennent chercher dans ces maigres pâturages quelques plantes étiolées et maladives.

Ajoutez à tout cela, mes enfants, un ciel gris et brumeux, quelques étangs qui s'allongent au loin comme des lacs, des pointes rocailleuses qui percent çà et là le manteau déchiré de cette nature misérable. Vous remarquerez cette pauvreté dans les cantons que nous allons traverser.

— Mais là les paysans sont donc bien à plaindre, reprit Victorine : que leur fait la magnificence du spectacle, si la terre qu'ils travaillent est stérile ?

— Tu as raison, ma fille, ces paysans sont bien à plaindre, mais ils savent être contents de leur sort. Habitués aux privations, il semble qu'ils ne se doutent pas de ce qui leur manque : la châtaigne, le blé noir, la pomme de terre, leur suffisent ; et même si le pain noir est un aliment presque de luxe pour eux, s'il paraît rarement sur leur table frugale, ils n'en murmurent point contre le bon Dieu. Hélas ! oui, c'est par des prodiges d'ordre, d'économie, de sobriété, que nos pauvres frères des campagnes se procurent l'indispensable, même dans les années ordinaires.

— Papa, interrompit Alfred, vous ne nous aviez

pas dit, dans nos leçons de géographie, que notre département fût si malheureux. Vous venez même de nous lire que c'était un des beaux départements de la France.

— Tu confonds, cher Alfred, des choses bien distinctes ; ta sœur a mieux écouté que toi. Oui, notre pays est beau, c'est-à-dire pittoresque, ravissant à l'œil, à peu près partout ; mais le livre ne t'a pas dit que sa bonté répondît partout à sa beauté. S'il est des régions qui, sans avoir la fertilité de la Normandie, de la Touraine, encore moins de la Limagne, produisent toute espèce de céréales, de fruits, de légumes, des vins passables ; qui ont de fertiles prairies pour l'entretien et même l'engraissement des bestiaux, il en est qui, bien moins partagées, n'offrent çà et là que des landes ou de maigres pâturages pour la dépaissance de quelques petits troupeaux d'une race par conséquent chétive et rabougrie. Et c'est de ces pauvres contrées que je te parlais à l'instant : du reste, nous nous en apercevrons plus d'une fois dans nos voyages.

Que d'embarras en effet n'éprouvèrent point ; que de privations n'eurent pas, bon gré, mal gré, à subir nos voyageurs pour parcourir toutes ces communes qui s'étendent de Saint-Amand à Saint-Sylvestre ! Obligés de descendre très souvent de leur voiture ou même de l'envoyer vide sur un point où ils devaient la rejoindre, de faire de longs détours, harassés de fatigue, ils arrivaient dans de pauvres chaumières où des crêpes, des galets huileux, des pommes de terre, quelques œufs, de méchant cidre et plus souvent de l'eau étaient le confortable qu'ils pouvaient se procurer, même à chers deniers. Pour lit, on leur offrait de durs grabats, ou même souvant le foin et la paille entassés dans les granges. Ceci ne contribua pas peu à faire disparaître chez les deux jeunes voyageurs cette espèce de mollesse, de gourmandise, de sensualité, défauts ou vices assez habituels aux enfants qui appartiennent à des familles riches, et qui ne se sont jamais trouvés en contact avec la privation et le besoin.

Ainsi ils étaient arrivés à Folles vers l'heure du goûter, c'est-à-dire vers quatre heures. Entrant dans une chaumière, ils avaient reçu pour tout comestible un morceau de pain bis très noir, très dur, avec dédain ; ils l'avaient repoussé, s'écriant : Vous paie-t-on pour que vous nous donniez un tel goûter?

Mme de Gervil, ayant l'air de partager le mécontentement de ses enfants, se met à gronder la pauvre villageoise à qui elle a fait signe ; puis elle va, elle vient, ouvrant et fouillant les armoires, les paniers ; enfin, ne trouvant rien : C'est indigne, dit-elle ; mes enfants, vous avez raison, vous n'êtes pas faits pour manger un pain pareil ; laissez-le, nous trouverons mieux ailleurs.

Et on s'était remis en route. Mais on n'avait pas franchi à pied quelques landes, que Victorine et Alfred avaient compris la mystification dont ils étaient l'objet. Leur estomac vide regrettait le malencontreux morceau. Mme de Gervil voyait bien leurs bâillements, leurs contorsions, leurs chuchotements, mais elle semblait ne rien remarquer.

Enfin, à sept heures, arrivant dans un petit village, à un quart de lieue de Laurière, M. et Mme de Gervil voulaient continuer leur route jusqu'à ce chef-lieu de canton.

— Mais pourquoi, dirent à la fois les enfants, ne pas nous arrêter ici ?

— Parce que nous ne sommes qu'à deux pas du joli bourg de Laurière.... Ici nous trouverions probablement des gens mal élevés, comme cette paysanne de Folles.

— Qu'est-ce que cela fait ?

— Mais vous voulez donc mourir de faim ?...

— Et le pain noir !... Avez-vous déjà oublié ?...

— Oh ! nous en mangerons un peu tout de même... puisqu'il n'y a pas autre chose.

Donc on demanda l'hospitalité à une cabane plus pauvre encore, plus nue que la première.

Une salade mélangée de quelques œufs durs, assaisonnée avec de l'huile grossière, fut l'entremet, le service et le dessert du dîner. Les enfants se gardèrent bien de la moindre grimace, ils trouvèrent tout excellent. Avant même qu'on se fût mis à table, ils avaient l'un et l'autre reçu et mangé une forte tranche de ce pain noir dur et massif repoussé avec tant de dégoût. Ils venaient de comprendre *que l'appétit est le meilleur des assaisonnements.* M. et Mme de Gervil n'eurent qu'à leur expliquer les conséquences de cette vieille maxime, qui dans aucune position de la vie ne doit être oubliée.

C'est ainsi que ces bons et sages parents profitaient adroitement de tous les contre-temps pour donner à Victorine et à son frère les plus édifiantes leçons sur la richesse et la pauvreté, sur la souffrance et la charité qui lui vient en aide.

Un épisode du voyage bien instructif encore, fut l'entrevue de Victorine et de la vieille Marie, sous une hutte de Bersac. M. de Gervil et son fils, debout derrière la porte, écoutaient.

— Comment, disait la jeune fille, êtes-vous seule ici? Ma bonne vieille, vous avez donc perdu tous les membres de votre famille?

— Non, ma gentille demoiselle, je n'ai, grâces à Dieu, perdu ni mon mari ni mes trois fils. Mais la misère nous force de vivre éloignés ; nous savons seulement de temps en temps de nos nouvelles ; rarement, très rarement nous nous trouvons ensemble ici.

— Comment ! répliqua Victorine étonnée ; mais chez nous nos métayers ne se quittent jamais.

— C'est que chez vous, sans doute, la terre est moins ingrate qu'à Bersac ; ici nous mouillerions le sol de toute la sueur de notre corps que nous n'en retirerions pas notre nourriture.... et alors mon pauvre Guillaume et mes enfants sont obligés de s'expatrier. Ils s'en vont à Paris et dans d'autres grandes villes travailler comme terrassiers, comme manœuvres, comme maçons. C'est à cette condition bien dure, vous le voyez, que nous pouvons vivre et nous entretenir les uns et les autres.

— Mais, si vous étiez malade, qui aurait donc soin de vous?

— Eh! eh! fit la vieille Marie, si mes voisines m'abandonnaient, il faudrait bien me soigner toute seule, comme je le pourrais.

— Oh! que je serais malheureuse s'il fallait ainsi me séparer de maman et de papa, moi qui les aime tant!

— Que vous dirai-je, ma chère enfant; croyez-vous que *nous n'aimions pas comme vous* ceux dont nous nous séparons? mais il faut bien se soumettre... Ceci vous prouve que sans doute les pauvres doivent bénir Dieu, mais que ceux qui sont dans votre position le doivent encore davantage; car vous êtes si heureux en proportion de nous! rien pour ainsi dire ne vous manque, vous avez toutes les satisfactions du corps et toutes les consolations du cœur; et nous, au contraire, nous n'avons presque aucun de ces biens... Puisque vous sentez combien il est malheureux de vivre éloigné de sa famille, soyez donc, mon enfant, constamment obéissante et vertueuse, pour que le bon Dieu vous les conserve toujours près de vous.

En ce moment, Victorine émue présenta une pièce de cent sous à la vieille Marie; mais avec une douce bonté la pauvre femme la lui rendit, en disant:

— Gardez, gardez cette pièce pour de plus infortunés que moi; avec les sacrifices que mon mari et mes fils s'imposent, je puis suffire à mes besoins;

mais vous trouverez même ici tout près tant d'autres indigents qui, malgré toutes leurs privations, endurent le froid et la faim ! Ceux-là d'abord méritent votre pitié.

Victorine n'oublia pas, sur son album, la visite à la vieille Marie.

Après avoir séjourné à Laurière, les voyageurs visitèrent les châteaux de Fromental, de Morterolles, où était une commanderie de l'Ordre de Malte, et s'arrêtèrent à Chanteloube, où, près de la poste, se trouve non pas un château, pas même une chaumière, mais un creux de rocher qui fut pendant cinquante ans la demeure de la *Cousine*. Tout le monde leur parla de cette pauvre paysanne, vieille et toute ridée, qui, postée entre deux côtes escarpées, suivait les voitures qui parcouraient cette route. Haletante, affublée de ses sabots et de sa quenouille, elle escortait au trot les voyageurs, et ne les quittait qu'après avoir reçu le tribut qu'on lui refusait rarement. Sa mémoire était étonnante, elle connaissait et tutoyait tous les grands personnages, des princes même (1) l'appelaient *ma Cousine*. Presque octogénaire, ni les frimas, ni la pluie, ne pouvaient la détourner de sa course habituelle : la mort seule avait mis fin à ses longs et pénibles voyages.

_____

(1) Le maréchal Soult ne passait jamais sans faire du bien à cette pauvre femme. Aussi, disait-elle avec ambition : «J'attends bientôt mon cousin Soult.»

V.

Montagnes de Gradmont.

La famille de Gervil se dirigea le lendemain sur Saint-Sylvestre, près duquel se trouvent les ruines de Grandmont.

Placé sur les sommets les plus élevés de ces hautes montagnes du Limousin dont nous avons parlé naguère, il est peut-être au centre de la France peu de sites qui, mieux que celui-là, par l'austérité du grandiose de tous ses aspects, par la rigueur habituelle du climat, par ses impraticables abords et l'isolement de toute ligne de communication, dût se prêter plus admirablement aux habitudes de retraite contemplative et de pénitence des

4..

religieux cénobites qui, vers la fin du XIe siècle, vinrent y chercher un asile.

L'hiver, pendant les longs mois qu'y dure cette rigoureuse saison, la présence presque continuelle, sur les montagnes, des impénétrables brouillards sous lesquels se voile l'aspérité de leur front triste et neigeux, donne à l'aspect de ces montagnes quelque chose de sauvage et de désolé qui saisit péniblement l'âme du voyageur dont la pieuse curiosité vient interroger leurs vieilles ruines. Mais l'été, par une de ces belles matinées qu'offre si souvent leur ciel si pur et si bleu, il serait difficile de dire quel bonheur c'est, du haut de ce piédestal gigantesque, de contempler l'immensité des horizons qui se déroulent devant vous, et de venir au milieu des grands et mélancoliques souvenirs qui peuplent encore la place déserte où fut le royal *moustier* des rois bretons, respirer l'air frais et embaumé qui s'exhale du manteau violet de bruyères en fleur dont se parent les pics stériles de ces monts les plus élevés.

L'histoire de la célèbre abbaye de Grandmont était trop importante pour que M. et Mme de Gervil ne fissent pas tous leurs efforts pour la connaître. Ils allèrent donc frapper à la porte d'un jeune archéologue, qui en avait, dit-on, fait une étude spéciale. M. Frédéric accueillit leur demande avec cette affabilité et cette élégance de manières qui sont le caractère saillant de sa famille. Soyez les bien-venus, leur dit-il; en ce temps où l'amour de l'art pousse tant de pélerins vers les sentiers que la foi pieuse de nos pères avait frayés vers les restes des saints asiles construits par le catholicisme, il n'est pas de ruines historiques plus intéressantes que celles-ci.

Et lui-même, s'offrant pour guide et pour *Cicerone*, ils se rendirent ensemble vers ces montagnes célèbres dont ils gravirent le sommet.

Là, après avoir pris haleine un moment, M. Frédéric parla ainsi à ses aimables hôtes, assis en cercle autour de lui sur des fragments entassés de vieilles pierres couvertes de mousse :

« Un philosophe illustre, trop tôt enlevé à la science et à la religion dont il faisait la gloire, a dit, il y a déjà longtemps : « Il leur faudra bâtir des bagnes avec les ruines des couvents qu'ils auront détruits. » Or, jamais peut-être paroles de prophète ne reçurent de l'avenir une plus littérale confirmation. Depuis soixante ans qu'une incrédulité orgueilleuse et vandale porta sur tous les monastères le marteau de la destruction, la France, qui, sous le point de vue seul de l'art, les a déjà si amèrement regrettés sous le rapport de son repos intérieur, s'aperçoit bien mieux encore de leur absence à l'effroyable multiplicité des geôles dont chaque jour se hérisse son libre et glorieux territoire. »

Alfred et Victorine ne comprenant pas l'exorde de ce discours, M. de Gervil le leur expliqua. M. Frédéric, leur dit-il, veut nous faire remarquer qu'il y eut un temps malheureux où, trouvant qu'il y avait en France trop de religion, et par conséquent trop d'âmes qui la prêchaient par leurs paroles et leurs admirables exemples, quelques hommes impies et puissants s'efforcèrent de l'anéantir en détruisant les églises, les cloîtres, les autels, en exterminant les ministres du Seigneur surtout, et les religieux et les religieuses qui lui étaient consacrés. Et monsieur ajoute que de grands philosophes, entre autres le célèbre comte de *Maistre*, en voyant bouleverser ces pieux édifices, disaient : On ne veut pas de ces âmes sublimes qui se constituent elles-mêmes en captivité pour venir au secours de leurs frères par leurs prières, leurs vertus, leurs travaux et leurs sacrifices volontaires; eh bien ! alors viendra un temps peu éloigné où, la foi ayant disparu, il faudra entasser des voleurs, des brigands, des assassins dans ces demeures sacrées où de bons religieux prêchaient au monde, par leur vie sublime, le désintéressement, l'abnégation, l'obéissance, la mortification, l'humilité. Les désordres et les crimes de tout genre sont toujours la conséquence de l'impiété et du mépris de Dieu !

« Oui, c'est bien cela, mes enfants, interrompit M. Frédéric; voyez en effet ce qu'est devenu ce beau monastère qui s'élevait sur ce tertre même où nous sommes assis ! Grandmont, le chef-d'ordre d'une des plus puissantes aggrégations religieuses des temps chrétiens, Grandmont la magnifique abbaye, fondée par un saint, bâtie et dotée par des rois, protégée par les papes, Grandmont dont, en 89, le ciment n'avait pas durci sous la dernière pierre que venait d'y placer son dernier architecte, Grandmont n'est plus, pas même une ruine. D'ignobles brocanteurs ont passé par-là : ils ont d'abord vendu l'ardoise et le plomb des toitures, les grilles des cours, les arbres du parc, les serrures et les gonds des portes, les verres de Bohême des croisées ; et quand à ce travail de dévastation mobilière ils ont jugé leur profit honnête ; quand il n'est plus resté que les murailles du saint édifice avec leurs sommets découverts et leurs ouvertures béantes, ils les ont vendûes à un obscur démolisseur, à un fouilleur de carrières, à un maçon, qui les a numérotées pierre par pierre pour les voiturer à Limoges et y bâtir, sur les ruines d'un autre couvent, les murs d'une Maison-Centrale de détention dont il avait pris le devis. La Maison-Centrale de Limoges en effet, cette vaste sentine où viennent affluer toutes les immondices de sept départements, placée sur les vieilles ruines d'un couvent de Bénédictins, fut bâtie tout entière avec les pierres de Grandmont. Voilà le fait, mes chers enfants ; voilà mot par mot la réalisation des paroles que je citais en commençant, et que vous expliquait M. votre père.

» Mais venons à l'histoire. Le onzième siècle touchait à sa fin ; la puissance féodale avait atteint ses derniers développements. L'Europe était en feu ; le vent de la guerre civile soufflait à la fois sur les mille petites souverainetés qui s'élevaient sur la ruine des grands états. Or, ce fut en ces temps de triste mémoire que Dieu, dit le chroniqueur de Grandmont, suscita un Français d'Auvergne, qui avait sucé l'esprit de dévotion en Italie pour venir le répandre en France, et engendrer à l'Eglise, pour la gloire du Limousin, une sainte postérité qui imita les solitaires de la Thébaïde.

« Ce Français, c'était un noble et puissant seigneur, Etienne, comte de Thiers, depuis grand saint de l'Eglise romaine, sous le nom d'Etienne de Muret. Il avait, dans un voyage en Italie, fréquenté quelques ermites calabrais qui lui avaient inspiré un ardent amour de la solitude. Le grand pape Grégoire VII, qu'il avait consulté sur sa résolution d'embrasser la vie érémitique, avait en vain cherché à l'en détourner par l'offre des plus éminentes dignités de l'Eglise. Etienne, de retour en Auvergne, avait vendu ses riches patrimoines, distribué le prix aux pauvres du pays, changé son riche costume de seigneur contre la souquenille usée d'un pélerin, et avait disparu.

« C'était vers le Limousin qu'Etienne avait d'abord tourné ses pas, et sur cette colline appelée de Muret qu'il vint établir son ermitage, en 1075. Quelle que fût la profondeur de cette solitude, l'éclat de ses hautes vertus, la renommée de ses sages conseils, ne lui permirent pas d'y vivre longtemps ignoré ; force lui fut bientôt, malgré sa répugnance, de se laisser fléchir par la supplication de

nombreux disciples qui brûlaient d'embrasser, sous
sa direction, l'austérité de sa sainte règle. Autour
de sa cabane de bruyères s'élèvent des espèces de
cellules en bois qui vont servir de berceau au puissant monastère.

» C'est peu : la réputation d'Etienne a retenti
dans toute la chrétienté; deux cardinaux ont été
députés vers lui par Grégoire VII pour le consulter
dans son ermitage; et trois jours après cette visite
des princes romains, il meurt au milieu des nombreux miracles dont le Ciel se sert pour manifester
sa glorieuse prédestination.

» Toutefois son œuvre ne mourra pas. Trois
ans après, un magnifique édifice, élevé par les riches offrandes des rois, des seigneurs et des évê-
ques, couvre sous ses vastes abris les *Religieux
Bons-Hommes de Grandmont;* c'est le nom que déjà,
en 1139, la piété leur a donné dans toute la contrée.

» Et en effet ces moines laborieux ont compris
que le travail qui chasse l'oisiveté et tout son cor-
tége de vices était aussi une prière à Dieu : ils
n'ont pas pris pour une aumône les libéralités que
vient de leur faire la charité des fidèles de tous les
cantons voisins : ils les ont considérées comme des
avances, dont ils devaient, avec usure, le rembour-
sement à leurs prêteurs. Aussi se sont-ils mis bientôt à l'œuvre : placés au sommet de monts incultes et stériles, ils ont déjà, avec une persévérance
opiniâtre, accompli des travaux de fertilisation et

de défrichement dont aujourd'hui même l'exécution difficile ne paraît pas plus étonnante que l'intelligence qui la dirigeait. Dans les gorges qui se creusent entre les pics séparés de ces monts, ils ont, au moyen de chaussées hardies, créé de vastes et magnifiques bassins, qui, par l'élévation de leurs eaux fertiles, permettent d'arroser une suite immense de vastes prairies, se déroulant sur les flancs de ces côteaux naguère encore si stériles. Des troupeaux sont acquis, des fermes fondées, des communications ouvertes, des ponts jetés sur toutes les rivières (on a dû vous dire que le pont que vous avez traversé entre Bessines et Château-Ponsat porte le nom de *Pont des Bons-Hommes*) ; enfin, dans un rayon de plusieurs lieues, de toutes parts surgissent de populeux villages, sous l'influence civilisatrice de leur généreux patronage.

» Mais quelque vaste, quelque solide, quelque beau que soit leur nouveau monastère, Henri II, devenu roi d'Angleterre, ne juge pas qu'il soit digne et de sa royale munificence et de la gloire du saint dont il veut célébrer la puissance. Henri traversait la Manche pour aller prendre possession du trône que la mort d'Etienne-de-Blois laissait vacant : tout-à-coup, au milieu de la nuit, son vaisseau fut surpris par une horrible tempête ; il était sur le point d'être englouti, lorsqu'après avoir fait à Etienne sa fervente prière, il s'adressa précipitamment à l'un des officiers qui l'accompagnaient, en lui demandant quelle heure il était. — Minuit, répondit l'officier. — Courage ! nos amis, répliqua le roi ; nous sommes sauvés, car, à cette heure, les *Bons-Hommes* prient Dieu pour nous ! — et, dit l'historien, la mer soudain devint calme ; la tempête avait disparu.

» Qu'on juge après cela de sa reconnaissance : bientôt des architectes sont envoyés par lui à Grandmont ; ils ont ordre de rebâtir à neuf le monastère et son église, suivant la plus belle ordonnance de l'art ; aucune dépense n'est épargnée. Une fois, on vit arriver de La Rochelle à *Grandmont* huit cents chariots chargés de plomb, attelés chacun de huit chevaux d'Angleterre, et envoyés par Henri II. Mais ce n'est pas tout : auprès des cellules des moines il fait bâtir pour sa propre demeure un véritable château royal, comme ils étaient tous en ces temps de désordres et de guerres, avec leurs donjons élevés, leur mâchicoulis, leurs dômes aigus, leurs murs crénelés, leurs fossés profonds et leurs portes en fer. C'est là que chaque année, après avoir parcouru ses provinces de France, il viendra près de ses chers *Bons-Hommes*, qui prient si bien et si à propos pour lui, se reposer des préoccupations de la politique et des fatigues des batailles.

» Henri, l'un de ses quatre fils, a levé contre lui l'étendard de la révolte. C'est à Grandmont qu'il convoque pour traiter de la paix tous ces fiers vassaux qui ont embrassé la cause du rebelle. Il espère que l'influence religieuse de ces demeures si pleines de calme, de prière et de charité, pourra fléchir leurs

farouches courages, amortir leurs profondes haines.
La trêve est acceptée, le congrès est réuni ; tous
ces hommes bardés de fer viennent, pendant une
semaine, s'agenouiller à l'autel du pauvre moine,
manger à sa table frugale, dormir sur sa couche
dure. Mais tous les efforts du vieux roi échouent,
et deux ans après les portes du monastère s'ouvrent pour recevoir le convoi des funérailles du
nouvel Absalon.

» La puissance et la gloire de Grandmont gran-
dissent de jour en jour. De toutes les parties du
monde chrétien on voyait affluer sous les cloîtres les
plus illustres pélerins, et dans sa basilique les plus
magnifiques offrandes.

» Cependant nous arrivons à une époque qui voit
commencer la série des malheurs de Grandmont.
Les discordes éclatent entre les religieux, puis le
Prince-Noir vient de se ruer à la tête d'une armée
victorieuse sur le Limousin, au travers duquel il se
fraie un passage au milieu des décombres et du
sang. Il a détruit la Cité de Limoges et passé au fil
de l'épée tous ses habitants ; il dirige sa marche
vers la célèbre abbaye dont la richesse excite sa cu-
pidité. Il ruine en passant Saint-Sylvestre, dont
l'aspect, racontent les mémoires du temps, ressemblait à celui d'une ville populeuse ; enfin il arrive
au monastère dont, après avoir dispersé les moines,
il pille toutes les richesses, ravage l'édifice, profane
l'église et fait fouiller les tombeaux. C'était en 1375.
Hélas ! Grandmont ne se relèvera pas de ce désastre.

» Pour le vieux monastère, les catastrophes se succèdent maintenant, comme autrefois les triomphes. Il devient la propriété des seigneurs, qui mettent à sa tête d'indignes religieux ; si bien que, quoique la suppression des Grandmontains n'ait eu lieu qu'en 1772, on peut dire que, dès 1600, l'ordre était en dissolution et courait à sa ruine.

» Le monastère ne fut donc pas, comme presque tous les monastères de France, supprimé violemment par la révolution de 1789. Dix-sept ans plutôt, cette suppression avait été sollicitée et obtenue du pape Clément XIV, par l'évêque même de Limoges, M. d'Argentré.

» Un mot encore. Ce fut pendant l'administration du dernier abbé, M. Mondain de la Maison-Rouge, que fut entreprise et terminée l'entière reconstruc- du magnifique édifice dont nous déplorons aujourd'hui la perte. Bientôt vous verrez à Limoges notre bel évêché ; eh bien ! malgré l'élégance et la pureté de son architecture, rappelez-vous que, au témoignage de nos pères, il ne saurait nous en donner qu'une bien imparfaite idée. La chapelle était également d'un rare beauté. Pour tout dire, Grandmont était peut-être, en 1772, sous le rapport architectural et par sa position, l'un des plus beaux monuments de France ; et lorsque le maçon auquel furent vendues les murailles y eut mis les démolisseurs, ce maçon, tout maçon qu'il était, pleura, dit-on, sentant qu'il commettait un sacrilége contre l'art, dont il n'était pourtant que le très modeste disciple.

« Quel malheur donc de n'avoir pas compris qu'il valait mieux dépenser quelques milliers de francs de plus à fouiller d'autres pierres dans les inépuisables carrières de *Faney*, et conserver un édifice qui pouvait au besoin servir de siége à quelque grand établissement d'utilité générale ! Mais non, il n'en devait pas être ainsi ! Il fallait, selon les prophétiques paroles par lesquelles j'ai commencé ce récit, que les prisons de notre siècle se bâtissent avec les couvents des siècles passés; il fallait, comme vous le voyez, que les ruines mêmes, fouillées jusqu'en leurs fondements, s'effaçassent de notre sol (1). »

Inutile de dire avec quelle attention toute la famille de Gervil écoutait cette histoire ; Alfred et sa sœur interrompaient à chaque instant M. Frédéric et leur père, ce qui fit durer une soirée entière la seule visite aux ruines de Grandmont.

Le lendemain nos voyageurs arrivaient à Ambazac, s'entretenant encore de l'histoire qu'ils avaient entendue, et du magnifique mais triste spectacle qui venait d'être placé sous leurs yeux.

N'omettons point un incident du voyage à travers ces contrées pauvres et stériles. Les sentiers étaient trop étroits, trop abruptes, trop boueux pour que la voiture n'y versât ou ne s'y brisât pas à chaque

_____

(1) Ephémérides de la Haute-Vienne.

instant. Force fut donc pour la famille de Gervil de faire ses promenades moins aristocratiquement.

De chevaux d'emprunt, elle n'en trouva pas ; mais en échange elle n'eut qu'à choisir entre les centaines d'ânes et de bourriques qu'à l'envi on leur offrait pour montures. Inutile de dire de combien de plaisanteries, de quolibets, de coups de bâton, les paisibles animaux devinrent l'objet pour leurs jeunes et espiègles écuyers. Maintes fois M. de Gervil se vit contraint de prendre la défense des pauvres quadrupèdes si injustement dédaignés. Mais sa chaleureuse plaidoirie ne valut pas cette élégante apologie qui lui revint à propos en mémoire, et que nos jeunes lecteurs nous sauront gré de leur rappeler ici, ne fût-ce que pour leur apprendre que chaque être dans les œuvres de Dieu a sa place, son utilité, sa valeur. Lisons donc, mais pas trop vite, ces jolis vers qui font à la fois l'éloge de leur auteur et celui de l'innocente bête dont le mérite réel les a motivés : M. de Gervil n'y improvisa qu'un tout petit changement dont on comprendra la cause, et que nous avons souligné.

Moins vif, moins valeureux, moins beau que le cheval,
L'âne est son suppléant, et non point son rival :
Il laisse au fier coursier sa superbe encolure,
Et son riche harnais, et sa brillante allure.
Instruit par un lourdaud, conduit par le bâton,
Sa parure est un bât, son régal un chardon ;
Pour lui, Mars n'ouvre point sa glorieuse école ;
Il n'est point conquérant, mais il est agricole.

Enfant, il a sa grâce et ses folâtres jeux ;
Jeune, il est patient, robuste et courageux,
Et paie, en les servant avec persévérance,
Chez ses patrons ingrats sa triste vétérance.
Son service zélé n'est jamais suspendu.
Pasteur laborieux, pourvoyeur assidu,
Entre ses deux paniers de pesanteur égale,
Chez le riche bourgeois, chez la veuve frugale,
Il vient, les reins courbés et les flancs amaigris,
Souvent à jeun lui-même alimenter Paris.
Quelquefois consolé par un *hasard prospère*,
Il porte avec fierté Victorine et son frère ;
Sa compagne souvent va dans chaque cité
Porter aux teints flétris la fleur de la santé.
Il marche sans broncher au bord du précipice,
Reconnaît son chemin, son maître et son hospice.
De tous nos serviteurs c'est le moins exigeant ;
Il naît, vieillit et meurt sous le chaume indigent ;
Aux injustes rigueurs dont sa fierté s'indigne,
Son malheur patient noblement se résigne.
Enfin, quoique son aigre et déchirante voix
De sa rauque allégresse importune les bois,
Qu'il offense à la fois et les yeux et l'oreille,
Que le châtiment seul en marchant le réveille,
Qu'il soit hargneux, revêche et désobéissant,
A force de malheurs l'âne est intéressant.
Aussi le préjugé vainement le maltraite :
En dépit de l'orgueil, il aura son poète.

Ces vers réconcilièrent les jeunes voyageurs avec
leurs *Bucéphales* qui furent à chaque étape traités,
soignés, nourris comme les *fiers coursiers* ne le
sont pas toujours. Heureux les nombreux quadrupèdes qui de *la largeur de leur langue* paissent les
landes d'Ambazac, de Rancon, etc., s'ils trouvaient

toujours des amateurs de poésie pour les rendre *intéressants !*

La famille de Gervil ne voulut pas quitter cette contrée sans visiter la vaste carrière de granit qui se trouve à *Faney.* Elle admira ces roches compactes et massives, composées de quartz, de feldspath et de mica, immédiatement agrégés entre eux et comme entrelacés, que des multitudes d'ouvriers taillent en blocs cubiques parfaitement réguliers, ou qu'ils arrondissent eu sphéroïdes, en ellipsoïdes, en polyèdres de toutes formes, de dimensions souvent gigantesques.

M. de Gervil expliquait à ses enfants quelques-unes des règles de l'art auxquelles on soumettait rigoureusement l'exploitation de ces rochers pour être économique et exempte d'accidents funestes ; la nécessité de construire des galeries, de creuser le *puits* qui traverse le *banc* de la carrière, la puissance du *cabestan* pour enlever les masses qu'on détache, l'emploi de la poudre à canon. Les carrières bien exploitées, leur disait-il, doivent offrir des parties intactes pour soutenir les terres, de sorte qu'elles présentent l'aspect d'un village souterrain.

Il leur nomma aussi quelques-uns des outils qui servent à déliter et à travailler les pierres, tels que les *coins,* les *barres,* les *tarrières,* le *mail,* la *mailloche,* le *pic.* Enfin, leur répéta-t-il, c'est dans notre belle cathédrale de Limoges que nous verrons le résultat de ces productions de la nature, et des travaux qui les ont mises en œuvre.

VI

Ambazac. — Sauviat. — Saint-Léonard. — Mont Jargean.

AMBAZAC, dont le terroir est assez stérile, présente des sites et des aspects austères. La seule curiosité sur laquelle M. de Gervil eut à donner quelques explications fut un débris d'une voie romaine.

« Ces pierres, leur dit-il, solidement superposées, cimentées d'une manière pour ainsi dire indestructible, sur un double, un triple, un quadruple rang, sont des routes militaires construites il y a plus de deux mille ans par les maîtres du monde : le peuple romain donnait à toutes ses œuvres l'empreinte de sa force et de sa grandeur. Ces voies étaient si solides, qu'en Allemagne, en Espagne,

en Italie , et jusque dans l'Asie-Mineure, on en
trouve, comme ici, d'imposants vestiges. Ainsi,
mes enfants, vous souvient-il de ce que je vous ai
dit de la *voie Appienne*, la plus célèbre de toutes,
et appelée pour cela *la reine des voies*, qui présentait une masse si compacte que, du temps de
Procope, 900 ans après sa construction, on n'y
voyait aucun vide ni aucun déplacement de maté-
riaux. A l'exception de celles d'Italie, destinées
pour la plupart au service public, aux communications des populations entre elles, ces voies étaient
presque toutes des routes stratégiques, c'est-à-dire
militaires, construites le plus souvent par les soldats
des légions qui occupaient pour un temps plus ou
moins long les contrées qu'elles parcouraient. Nous
pouvons nous faire ainsi une idée du patriotisme
des enfants de Romulus, puisque d'ordinaire ce
n'était pas l'état qui en faisait les frais, mais de
simples particuliers, dont la munificence consacrait
pendant leur vie ou léguait par testament l'argent
nécessaire à couvrir les dépenses de leur construction.

« Pour indiquer l'éloignement où l'on se trouvait
de Rome ou de toute autre localité prise comme
point de départ, on pourvoyait ces voies de colonnes appelées milliaires, parce qu'elles étaient placées à mille pas de distance les unes des autres.
En France, nous n'avons point de routes semblables, je veux dire de stratégiques proprement dites,
puisque les déplacements des troupes ont lieu par

les grandes routes et autres chemins publics dont notre sol est couvert.

Après avoir fait une promenade vers l'étang de Jonas, qui par sa grandeur pourrait être appelé un lac, et dont la pêche approvisionnerait les quarante mille habitants de Limoges pendant tout un carême, nos voyageurs se mirent en route et traversèrent le bourg de Saint-Martin-Terressus.

Cet endroit appartenait, dit-on, jadis à Bertrand de Born, poète et guerrier, propriétaire et conquérant de quatre ou cinq villages, comptant sous sa domination mille sujets.

M. de Gervil croyait avoir lu quelque chose sur cet homme célèbre ; mais il ne savait plus dans quel ouvrage. Il alla donc trouver le jeune curé de la paroisse, qui, fixant ses souvenirs, se fit un plaisir de lui prêter *le Tableau de la Littérature au moyenâge,* par M. Villemain, dans lequel se trouvent ces lignes que copièrent Alfred et Victorine :

« Bertrand de Born n'eut d'autre moyen de se rendre redoutable que de pousser à la guerre les puissants vassaux d'Henri II, roi d'Angleterre. Il formait des ligues, excitait des guerres entre les fils du roi, les animant les uns contre les autres et contre leur père ; il faisait, lors de leur réconciliation, pour se venger, une chanson contre le vainqueur et contre les alliés infidèles, et lançait ses *sirventes* en guise de *manifestes.* Dans sa gaîté moqueuse, il s'attaque même à Richard Cœur-de-Lion, lui faisant de sa prudence un sobriquet injurieux, en l'appelant *Oui et Non*. . . . . . .

. . . .

» Ce poète guerrier montre dans ses poésies une
science presque égale à celle du poète de l'antiquité
qui construit les paroles , nuance, varie les sons et
joue avec le mètre , et renferme des pensées et des
tons énergiques.....

» On sait les plaisanteries de Molière et de Rabe-
lais contre les Limousins. Eh bien ! par une expiation anticipée, voici qu'une poésie vive et brillante,
un véritable génie musical , appartient à un Limousin. C'était dans le Limousin que s'était élevée une
partie de nos plus hardis poètes... et , parmi ces
troubadours , celui qui rend le mieux l'accent guerrier , celui que l'on peut nommer le Tyrtée du
moyen-âge, c'est Bertrand de Born. La langue
qu'il parlait, et qui portait le nom de langue *Limousine*, de *Provençale* , de *Catalane*, était alors à son
plus haut degré de perfection poétique ; naturelle,
forte, c'est la langue qu'ont étudiée Pétrarque et le
Dante.... Celui-ci a nommé nos troubadours, c'était
leur gloire , et a rencontré en enfer un de ces poètes, le belliqueux *Bertrand*, qu'il représente comme
un cadavre sanglant et tronqué marchant sa tête à
la main....

» L'art savant et ingénieux des poètes modernes
le cèderait aux procédés métriques et aux artifices
de style employés par le guerrier *Bertrand de Born*.
On s'étonne de voir cette vive et rude nature se
plier ainsi et se laisser emboîter dans les formes de

versification les plus symétriques... Dans la poésie
provençale ou limousine, on trouve tout l'art d'en-
trelacer les rimes, toute la science du mètre, tout
le calcul des consonnances habilement mêlées, toutes les règles quinteuses et difficiles qu'on peut
s'imposer à soi-même pour multiplier les effets de
l'harmonie... On doit chercher dans les vers de *Ber-*
trand de Born l'intérêt historique. Ils font conce-
voir la vie féodale par l'action d'un homme guerrier
et poète sur tant de princes ambitieux. Ces guerres,
ces paix infidèles, ces trahisons, ce sang constamment répandu au milieu des fêtes et des tournois,
sont l'objet de ses chants. »

Après avoir remercié le jeune ecclésiastique qui
avait joint au prêt de son volume la récitation de
deux ou trois jolies pièces de vers patois, la famille
de Gervil se rendit de Saint-Martin-Terressus à
Sauviat, petit bourg qui se trouve à la limite du département. Elle gravit le *Puy-du-Chameau*, montagne très élevée et en partie couverte de forêts, du
haut de laquelle on découvre Limoges, distant de 35
kilomètres, et elle examina plusieurs grosses pierres
éparses sur une des côtes de la montagne, entourées
de vestiges druidiques.

La plus remarquable de toutes, appelée *Pierre-*
du-Loup, soutenue d'un côté par un très petit rocher, montre de l'autre côté une ouverture assez
grande, ménagée exprès, dirait-on, pour laisser
entrer dans une espèce de grotte qui, selon la
croyance commune, servit de retraite à un riche per-

sonnage qu'on crut émigré. La position de cette pierre offre cela de curieux qu'elle semble pencher. On dirait, en la regardant, qu'elle va rouler sur la *Font-d'Amour*, espèce de fontaine mystérieuse dont les ondes limpides et pures, rejaillissant sur des roches, forment de petites cascades de perles et de diamants.

Puis, ayant aussi demandé d'où venait le nom de *Croix-des-Bataillons* donné au signe auguste du Calvaire s'élevant non loin du *Puy-du-Chameau*, à l'entrée d'une vaste plaine, et pourquoi l'on pense que les plus grands malheurs frappaient celui qui ne se signait pas en passant devant lui, on leur répondit que là s'étaient livrés d'horribles combats entre les Romains et les Gaulois, et que, depuis cette époque, ce sont les esprits et les revenants qui y font leur séjour nocturne.

Ceci donna occasion à M. de Gervil de dire un mot à ses enfants de ces sortes de superstitions qui ont sans doute leur côté ridicule et mauvais, mais qui n'en sont cependant pas moins des croyances qu'il faut combattre avec ménagement; car enfin mieux vaut une foi quelle qu'elle soit, qu'une complète incrédulité.

Mais voici le point important du séjour à Sauviat. Descendus dans une petite auberge, les voyageurs entendirent prononcer un nom qui éveilla singulièrement leurs souvenirs. C'était celui de M. de Sonange.

Les plus intimes relations d'amitié avaient existé

entre leurs deux familles. Le père de M. de Gervil
et celui de ce pauvre hôtelier de Sauviat avaient ensemble servi sous Louis XVI. Echappés aux fureurs
de 93, et retirés l'un et l'autre dans une petite ville
de la Vendée, ils s'étaient mariés, et pendant dix
ans ils avaient vécu sous le même toit, à la même
table.

Leurs fils, MM. de Gervil et de Sonange, dont
il est ici question, avaient donc passé ensemble les
premières années de leur enfance. Mais obligés de
se séparer par suite des événements politiques, ils
s'étaient, en grandissant, perdus entièrement de
vue.

Les événements de 1830 arrivèrent sans rien
changer à la position heureuse de M. de Gervil,
qui avait pu acheter une magnifique propriété à
Blanzac. Tout autre fut le sort de M. de Sonange :
occupant une très haute et très lucrative place à la
cour de Charles X, il s'était vu frappé simultané-
ment dans toutes ses espérances ; la fortune qu'il
lui avait été donné de mettre en réserve avait été
tout entière compromise dans la faillite de deux im-
portantes maisons de Paris. Et alors, n'ayant plus
ni protecteurs, ni amis, ni ressources, contraint de s'ensevelir à Sauviat avec sa femme et
sa charmante petite fille Eusébie, les produits
d'une pauvre auberge constituaient son unique revenu.

Nous regrettons de ne pouvoir nous étendre sur
cette rencontre si étrange, si imprévue, dans de

telles circonstances. Que de larmes de joie ! quel
doux, quel long échange de paroles consolantes et
amies ! quelles émotions pendant ce récit de tribu-
lations auxquelles chacun avait été soumis ! Et qui
ne conçoit en effet ce que doivent éprouver et se
dire des amis d'enfance qui, égaux en fortune et
en bonheur, se retrouvent après cinquante ans d'é-
loignement, l'un considéré, riche et heureux, l'autre comme enseveli dans l'obscurité et dans un état
voisin de l'indigence.

Mais Dieu mène tout à ses fins. Si Victorine est
aujourd'hui une des femmes les mieux élevées, les
plus gracieuses, les plus charitables de Limoges,
n'est-ce pas à Eusébie qu'elle est en partie redeva-
ble de ces douces et hautes qualités qui lui attirent
si irrésistiblement les cœurs de tous ceux qui ont le
bonheur de l'approcher ?

Qu'était en effet Eusébie ?

Cette angélique enfant venait seulement d'atteindre sa douzième année lorsqu'elle fut contrainte de
quitter Paris ; Paris où elle était si aimée, si ca-
ressée, où les salons de l'opulente aristocratie de
la Chaussée-d'Antin et du faubourg Saint-Germain
se disputaient à l'envi ses petites et délicieuses caresses.

Trop âgée, trop intelligente, pour ne pas comprendre la grandeur du coup qui venait de frapper
sa famille, pour rester l'œil sec devant les grosses
larmes que ses parents s'efforçaient, mais en vain,
à dérober à son regard inquiet, l'innocente Eusébie

avait accepté avec la plus sainte résignation le nouveau rôle, la condition si différente que la Providence lui imposait. Ses joujoux, ses broderies, ses
plus chers ornements de chambre et de toilette
avaient été numérotés, marchandés, vendus sous
ses yeux, sans qu'elle semblât leur donner un re-
gret. Enfant admirable, elle savait déjà que, pour
trouver moins amère la coupe de l'infortune, il faut
la porter généreusement à ses lèvres ! Elle savait
que sacrifier l'agréable et le superflu, c'est s'adou-
cir le sacrifice des objets même nécessaires à la
vie.

Reléguée donc dans une humble auberge de ha-
meau, Eusébie tout entière dévouée à ses parents,
aidant sa mère dans le pénible service du ménage,
avait employé ses rares repos à continuer ses études
de classe et de piano, mais sans autre guide que
son infatigable persévérance. Un poète latin a dit :
« Le travail opiniâtre vient à bout de tout; » or,
Eusébie était bien en vérité la réalisation vivante de
cet antique axiôme.

Elle était dans sa vingt-deuxième année lorsque
nos voyageurs arrivèrent à Sauviat. C'était elle qui
les avait reçus ; mais il y avait dans son bienveillant
accueil, dans ses manières, dans sa physionomie,
quelque chose de si distingué, de si noble, qu'ils
n'avaient pas eu de peine à reconnaître que la jeune
hôtelière n'était pas née dans cette obscure condition.

Oui, elle était si modeste, son regard décelait

tant de tristesse intime et de mélancolie, sur son beau front respirait tant d'innocence, qu'il était impossible que le plus inattentif et le plus insignifiant des voyageurs qui mettaient le pied à terre dans l'unique et peu confortable auberge de Sauviat, ne s'enquît pas de ce que pouvait être cette espèce de fille de la maison.

M. de Gervil avait donc su bientôt qu'il était logé chez son ami d'enfance, et que la jeune personne qui avait si vivement excité son attention était la fille même, l'enfant unique de M. de Sonange, réduit à se faire aubergiste.

Or, depuis quelque temps Mme de Gervil cherchait une institutrice pour Victorine ; elle la voulait instruite et pieuse. Eusébie n'était-elle pas celle que le ciel lui désignait pour remplir cette fonction si importante et si délicate ? Elle soumit sa pensée à son époux et à Victorine qui l'accueillirent avec empressement.

Bien longue, comme on doit le présumer, fut la résistance, non pas d'Eusébie, car la pauvre enfant ne désirait, ne voulait autre chose que ce que son père et sa mère tendrement chéris désiraient et voulaient, mais de ses parents. En consentant à l'éloignement de leur fille, ne se retranchaient-ils pas la plus douce, l'unique consolation qu'ils eussent au sein de leurs peines ?

Mais enfin, d'un côté, M. et Mme de Gervil promirent avec tant de sincérité d'aimer la tendre Eusébie, de la traiter comme leur propre fille, et Victorine répéta si souvent qu'elle chérissait Eusébie comme sa sœur, qu'elle lui obéirait comme à sa mère ; d'un autre côté, la vie d'Eusébie s'écoulait si triste dans ce bourg où elle ne trouvait aucune compagne digne d'elle, tant soit peu capable de comprendre ses larmes. M. et Mme de Sonange auraient donc cru manquer à leurs devoirs en repoussant la proposition pressante qui leur était faite.

Aussi bien, à la Toussaint, Eusébie, rendue à Blanzac, continuait-elle l'éducation de l'élève la plus soumise et la plus reconnaissante ; et Victorine remerciait-elle Dieu de lui avoir donné dans Eusébie la plus affectueuse des institutrices.

Ajoutons que la famille de Gervil n'estimant pas au poids de l'argent et de l'or des soins et des services dont le cœur seul doit payer le salaire, a assuré à Eusébie une belle position. Epouse aujourd'hui d'un assez riche marchand de Bellac, elle a pu arracher ses parents à l'espèce de domesticité à laquelle une série d'infortunes les avaient réduits, et vivre, pour ainsi dire, sous le même toit que ses bienfaiteurs, car elle n'est éloignée que de quelques kilomètres de Blanzac, où elle passe une partie de l'année.

Non, Dieu ne délaisse jamais ceux qui le servent. Heureuse la vertu, mais plus heureux encore ceux qui savent apprécier ce trésor, et qui n'oublient jamais les nobles âmes qui les ont aidés à l'acquérir ou à la conserver !

Saint-Léonard, où se rendirent les voyageurs en

quittant Sauviat, est une ville très jolie, élevée sur un plateau le long de la rive verdoyante de la Vienne, à 20 kilomètres de Limoges. « Comme vous le voyez, disait M. de Gervil à ses enfants, pendant qu'ils parcouraient Saint-Léonard, cette ville est jolie, elle est très animée, très vivante; or savez-vous ce que nous aurions trouvé sur ces collines il y a quatorze cents ans ? Au lieu de cette place, de cette large route, de cette église, de ces fabriques, de ces usines, nos yeux n'auraient rencontré qu'une épaisse forêt, qu'un affreux désert où résonnaient seuls les sifflements des serpents et les hurlements des bêtes fauves.

« C'est un humble anachorète qui a le premier pénétré dans ces lieux inhabités et inhabitables. Riche seigneur de la cour de Clovis, saint Léonard pouvait prétendre à la gloire et au bonheur que donne le monde; mais préférant la paix des solitudes, la tranquillité du cœur, à l'agitation inséparable du métier des armes, il vint ici s'ensevelir, et par ses prières, ses vertus et ses miracles, rendre à son roi des services plus signalés qu'aucun des grands qui défendaient sa cause. Bientôt en effet, frappé du bien immense que produisait le saint anachorète dans cette contrée, Clovis la lui lègue tout entière; et les pauvres, et les persécutés, et les pélerins y affluent; des maisons se construisent, les bois séculaires sont abattus, des sentiers s'ouvrent, un pont est jeté sur la Vienne. Surtout, mes enfants, les vertus naissent en ce lieu. La religion dont saint

Léonard est un si irrésistible prédicateur établit fortement ses racines dans tous ces cœurs païens ou barbares qu'elle civilise. C'est ainsi que ce que l'épée sanglante des conquérants détruisait, la croix tutélaire de Jésus-Christ le relevait et le sanctifiait.

» Au moyen-âge, l'église et le tombeau de saint Léonard étaient l'objet de nombreux pélerinages, qu'encourageaient des miracles de toute sorte. La dévotion surtout des peuples limousins n'a point été affaiblie par le laps des années. »

Après une journée passée à visiter Saint-Léonard, et surtout sa grande tour, bâtie sur une haute montagne, et qui porte encore le nom de *Tour de Clovis*, les voyageurs traversant Bujaleuf, Masléon, village on ne peut plus pittoresque, du haut duquel on aperçoit les clochers d'une douzaine de communes, arrivèrent à Eymoutiers, qui doit son origine à un saint solitaire nommé Psalmet, natif d'Angleterre, et contemporain de saint Grégoire-le-Grand.

Ce canton est le plus montagneux du département ; il est le lieu de la source de plusieurs rivières. Un air pur, des usages antiques, des mœurs patriarcales, donnent à ce pays une physionomie particulière que n'aurait point dédaigné la plume de Walter Scott. C'est en effet des villageois de ce canton, plus que de ceux des autres régions limousines, que sans doute un écrivain a dit : « Ici, à la vue du paysan, avec son grossier costume, son étrange langage, son air grave et pensif, il vous faudra peu d'imagination pour vous croire en Ecosse, ce pays pauvre et ancien comme le Limousin, comme lui religieux, comme lui le pays des vieilles croyances et des naïves traditions. »

Après s'être agenouillée une seconde fois dans l'antique église d'Eymoutiers, la famille de Gervil se rendit à Châteauneuf, autre chef-lieu de canton.

Ce bourg, coupé de vallons et de rivières, voisin d'une forêt qui est la plus étendue du département, possédait une forteresse sur le bord de la *Combade* qui lui sert de fossé. M. de Gervil faisait remarquer à ses enfants l'épaisseur de ces murailles, telle qu'une table à plusieurs couverts pourrait être placée dans l'embrasure des fenêtres. Il fallut, leur disait-il, l'action dévorante du temps, jointe à une multitude de siéges, pour renverser cet imprenable manoir.

Les voyageurs firent une excursion au beau château de Neuvillars. Comment, sans y entrer, auraient-ils passé près de cette habitation antique qui a été le berceau des superbes races de chevaux limousins? Là ils virent la vieille tour où résidait la pieuse Suzanne de La Pomélie. Les habitants du manoir leur racontèrent comment cette sainte femme, pour se conformer aux volontés de son époux qui était protestant, privée d'assister aux offices de la paroisse, venait là s'unir au sacrifice, enviant le bonheur des villageois qu'elle apercevait par une lucarne se rendant joyeux à Saint-Bonnet; comment sa résignation, sa piété, furent récompensées par l'abjuration de presque tous les membres de sa famille. Ils virent aussi la colline qui est une dépendance du château, avec ses plantations à l'anglaise, ses sites pittoresques sur le cours sinueux de la Briance qui serpente dans les montagnes ; ses ombrages délicieux formés d'arbustes rares et odoriférants, qui font de ce parc un des plus remarquables du pays.

A une petite distance de La Croisille, ils gravirent le mont Jargean, dont nous avons parlé, au pied et autour duquel s'étendent des bois, des taillis, des châtaigneries immenses ; puis, traversant Saint-Germain-les-Belles, Meuzac, les touristes arrivèrent à Saint-Yrieix, chef-lieu d'un des quatre arrondissements dans lesquels se divise la Haute-Vienne.

N'oublions pas leur passage à La Roche-l'Abeille, petite commune qui fut le champ de bataille où Coligny, le fameux amiral, chef du parti huguenot, défit le duc d'Anjou, et où le célèbre Henri IV, âgé alors de seize ans, combattit pour la première fois.

C'est là qu'ils virent une assez belle carrière de serpentine, espèce de pierre fine ainsi appelée parce qu'elle est en effet tachetée comme la peau d'un serpent. Moins belle, moins dure que le marbre, la serpentine est employée cependant comme lui pour les ameublements, et surtout pour les monuments funèbres. Les plus beaux mausolées du cimetière de Limoges sont construits avec cette matière.

En montrant à ses enfants le château de Juvet,

M. de Gervil leur parla du célèbre Bernard *Guidonis* ou de *La Guionie*, qui y était né en 1260. Un des plus célèbres écrivains du moyen-âge, ce savant, devenu successivement supérieur des Dominicains, évêque de Lodève et enseveli à Limoges, à laissé des ouvrages qui ont été consultés ou reproduits par les plus doctes congrégations, telles que les Bollandistes.

VII

Saint-Yrieix-la-Perche. — Marval. — Histoire de
F. Anselme.

M. DE GERVIL avait souvent parlé à ses enfants
de la fabrication des porcelaines, principale industrie et première richesse du département. Avec eux
il avait visité les fabriques de Saint-Léonard, de
Sauviat, de Magnac-Bourg; il ne pouvait donc traverser Saint-Yrieix-la-Perche sans leur montrer
quelques-unes des carrières d'où sont extraits ce
kaolin, ce feldspath, qui, triés, broyés, convena-
blement préparés et mélangés, deviennent ces meu-
bles d'appartement et de table, ces vases, ces
statuettes, ces pendules, ces ornements de toute
sorte dont la vente dans la France entière et l'ex-

portation sur à peu près tous les points du globe produisent un échange de plusieurs millions de francs.

Ils allèrent ensemble dans l'un des champs où se trouve en abondance cette argile précieuse. Le contre-maître de l'exploitation principale, appelée *le Clos-de-Barre*, leur dit, entre autres choses, ces mots qu'annotèrent Alfred et sa sœur :

« Oui, c'est à notre pays qu'est due cette porcelaine qui, par ses qualités supérieures, l'élégance de ses formes, la multiplicité et la richesse des décorations dont elle est susceptible, a surpassé tout ce que les fabriques de l'Allemagne, de l'Angleterre, de la Chine, du Japon, ont produit de plus magnifique.

» Avant la découverte de notre kaolin, on se servait d'une matière grasse, impure, terreuse, dont le résultat n'offrait qu'une porcelaine tendre, sans éclat, sans blancheur. Or ce fut un hasard singulier qui, il y a une cinquantaine d'années, fit trouver aux habitants de Saint-Yrieix ce véritable trésor, que, sans qu'ils s'en doutassent, ils foulaient à leurs pieds.

» Le savon, comme cela arrivait pour beaucoup d'autres denrées, alors que le Limousin n'avait aucune route praticable, vint à manquer dans cette ville. Mme Darnet, femme d'un chirurgien, qui avait déjà employé cette argile pour enlever des taches de graisse, eut l'idée qu'à défaut de savon elle pouvait, à raison de son *onctuosité*, l'employer

6

dans le blanchissage du linge. L'essai qu'elle en fit lui ayant réussi tant bien que mal, elle en fit part à son mari, qui, soupçonnant que cette matière blanche et onctueuse contenait une essence de savon naturel, crut devoir consulter Villaris, pharmacien distingué de Bordeaux, sur les moyens de l'extraire.

» Celui-ci reconnaît dans cette argile le véritable kaolin des Chinois et des Allemands. Il se rend à Saint-Yrieix, prend des renseignements, fait des recherches, et, de retour à Bordeaux, écrit au ministre Bertin pour lui annoncer sa découverte et lui offrir la vente de son secret.

» Cela donna lieu à de longues négociations. Puis, la découverte du kaolin n'étant plus un mystère, on se mit à fouiller les environs, on créa des manufactures qui cuisaient de la porcelaine dure, pendant que la manufacture royale était réduite à faire de la porcelaine tendre. L'exploitation se perfectionna d'année en année, si bien que la bonne pâte qui se vend aujourd'hui six francs, valait alors cent francs; non toutefois sans grandes difficultés, car mille entreprises particulières furent ruinées. Ce ne fut qu'en 1774 que la fabrique de Sèvres mit en pleine activité les nouvelles matières dont vous verrez aussi à Limoges les plus merveilleux produits. »

En parcourant ces carrières, Mme de Gervil faisait remarquer à sa fille tous ces jeunes enfants qui, armés de pelles, de cribles, de brouettes, travaillaient là sous l'ardeur du soleil, le teint brûlé, le corps inondé de sueur.

— Vois-tu, Victorine, disait-elle, ces pauvres petites filles de ton âge, à quelle vie dure elles sont condamnées? Quelle différence entre leurs travaux et le tien!.... Alfred et toi pouvez vous délasser de temps à autre, perdre même entièrement vos journées, sans qu'il en résulte pour vous une perte notable et instantanée. Vous êtes toujours sûrs, quelle qu'ait été votre négligence, d'avoir une bonne et agréable nourriture, un lit, des vêtements, des joujoux; que sais-je? tout ce qui compose la vie douce d'enfants auxquels le bon Dieu a donné des parents à l'abri du besoin. Mais ces enfants, ils ne connaissaient de repos que les quelques quarts d'heure nécessaires à leur nourriture. Il faut qu'ils travaillent; car s'ils s'absentaient, s'ils s'amusaient, la plupart n'auraient plus de quoi manger seulement du pain. Encore si on leur parlait souvent de Dieu! mais, non; ici on s'occupe de tout autre chose. Heureux quand ils ne perdent pas au milieu de leurs compagnons de travail toute espèce de foi et toute horreur du vice! Oh! n'est-ce pas, mes enfants, que vous aurez toujours des égards pour les pauvres ouvriers, et que vous penserez souvent à eux, pour mieux apprécier la bonté du Ciel à votre égard?

Alfred et sa sœur profitèrent de ces leçons en vidant leurs bourses entières dans les mains de ces bons petits ouvriers, dont la vue les attendrissait vivement.

Ils ne quittèrent pas la ville sans apprendre qu'elle devait son origine à un monastère qui y fut fondé par un saint abbé nommé Yrieix ; sans voir que l'église était un des beaux monuments historiques de la France ; enfin sans parler de plusieurs hommes célèbres qui avaient illustré ce pays, entre autres de l'abbé Stodilus, du cardinal Elie, et du lieutenant-général Laubanie.

Les voyageurs firent une excursion au château de Bonneval, demeure féodale la plus complète du département. Les quatre corps de logis qui la composent présentent quatre façades de style et d'époques différents, réunies par de grosses tours. Une galerie intérieure supportée par des arceaux, une chapelle gothique, de vastes appartements, des donjons, un site agréable, rendent Bonneval une très remarquable demeure. M. de Gervil raconta à ses enfants la triste abjuration du célèbre comte de Bonneval, depuis pacha à trois queues, qui était né dans ce séjour, et qui, mort en 1747, fut inhumé à Constantinople, dans un couvent de derviches.

Puis ils visitèrent les cantons de Nexon et de Chalus. Ils restèrent une demi-journée dans cette dernière ville qui rappelle tant de souvenirs historiques.

« Au pied de cette tour qui sert aujourd'hui de prison, disait M. de Gervil, quels étaient, en 1199, le tumulte des chefs, le trouble des hommes d'armes ? Le plus vaillant chef des croisés, du nom duquel les mères musulmanes se servent encore pour effrayer leurs petits enfants indociles et mutins, comme en France nos villageoises se servent de celui du Prince-Noir, Richard Cœur-de-Lion venait de mordre la poussière. A peine donc échappé à sa captivité en Souabe, le vainqueur de Saladin, le rival de Philippe-Auguste, l'invincible guerrier criblé à Jaffa de tant de flèches, qu'au dire des chroniqueurs il ressemblait *à une pelote remplie d'aiguilles,* tombait sous les traits d'un archer. Oui, c'est ici que le héros de tous les prosateurs et poètes arabes, le demi-dieu des troubadours et des romans, avait cru découvrir un trésor.

» Voici la *Pierre-de-Maulmont.* De ce rocher Bertrand de Gourdon lui décocha sa flèche victorieuse. Généreux Richard, qui en mourant ne démentit pas son caractère ! il pardonna à son meurtrier, et ordonna sa mise en liberté. Et il l'aurait obtenue en effet, si le chef des Brabançons, le terrible Mercadet, peu accessible à la clémence, né l'avait immédiatement écorché vif.

» Voyez-vous sur le côté les ruines si dégradées mais si imposantes d'une chapelle ? elles doivent nous rappeler la piété de nos ancêtres. Partout, au temps de la foi, près de la demeure des puissants du monde, s'élevaient d'humbles monuments en l'honneur du maître des puissants et des humbles. Admirable pensée que nous ne devrions jamais perdre de vue dans nos œuvres ! »

De Chalus, M. de Gervil se rendit à Marval, dernier bourg du département à l'ouest. Dans cet endroit inculte et sauvage il fit une rencontre que nous ne devons pas omettre. Ce récit est digne de tout notre intérêt. Puissent nos lecteurs trouver à à le lire le même bonheur que nous avons éprouvé en l'écrivant ici sous la dictée de cette bonne famille de Blanzac, dont chaque membre à l'envi, selon ses impressions, complétait les pages.

Une dame pieuse et riche, Mᵐᵉ de Beauchamps, avait, par testament, légué une somme considérable à la commune de Marval pour l'entretien d'une école et d'un instituteur. Persuadée que l'instruction sans l'éducation, c'est-à-dire sans la religion, produit plus de mauvais fruits que de bons, et que, pour le jeune âge surtout, le meilleur instituteur c'est l'exemple constant d'une vie pure, irréprochable, elle avait établi un article stipulant que la somme serait reversible à sa famille, si le maître n'était pas un Religieux.

Des démarches avaient donc été faites, et on avait obtenu pour Marval deux Frères de l'école chrétienne, Frère Anselme et Frère François.

Celui-là avait une cinquantaine d'années. Au haut de son large front, à l'angle de la paupière gauche, se dessinait une profonde cicatrice. Malgré l'épaisseur de ses vêtements grossiers et de l'ample manteau qui l'enveloppait de toute part, on reconnaissait sa belle stature, sa taille magnifique ; sa figure était on ne peut plus imposante ; dans son œil noir brillait une douceur, mais aussi une vivacité extrême ; sa barbe enfin et ses cheveux égalaient la noirceur du jais.

En un mot, frère Anselme était un de ces hommes qu'il suffit d'avoir vu une fois pour ne les oublier jamais.

M. de Gervil et sa famille se promenaient dans la campagne de Marval, lorsqu'ils virent un groupe d'enfants se livrant à toute espèce de jeux au milieu d'une lande. La physionomie si remarquable du bon Frère dont nous venons de parler, et qui était là, jouant avec ses élèves, décida nos voyageurs à l'aborder.

Après lui avoir exprimé leur étonnement sur ce qu'un homme de son âge, aussi instruit qu'il le paraissait, s'était enseveli au fond d'un méchant village pour instruire de petits paysans, et lui avoir demandé comment il avait préféré ce lieu obscur et inconnu à un séjour plus digne de son mérite, que lui aurait incontestablement offert de grandes cités, ils lui témoignèrent le désir de connaître son histoire. Frère Anselme satisfit volontiers leur demande.

« Oui, je vous la raconterai, dit-il, et vous verrez que je ne puis trop remercier Dieu de ce qu'il a daigné m'offrir un moyen d'expier les scandales dans lesquels s'écoula la vie de celui qu'on appelait le capitaine Durivau. Quel séjour, quelles occupations pourraient mieux me rappeler néant de la terre, et nourrir en moi les sentiments d'une pénitence qui m'est si nécesaire? Ecoutez donc, et puissent mes paroles ne pas être perdues pour ces aimables enfants !

« Appartenant à une famille assez riche, je m'abandonnai de bonne heure à tous les désordres de la plus folle jeunesse. Las des plaisirs et des fêtes, las de moi-même à vingt-six ans, je me jetai dans l'état militaire. J'ignore si je mis à remplir mes devoirs cette activité, cette ardeur que je déployais au milieu du tumulte des bals et des fêtes; toujours est-il que j'obtins un avancement rapide. »

L'humble Frère ne disait pas que cet avancement n'était que la légitime récompense de sa loyauté, de son invincible bravoure.

« Mes chefs me témoignaient de la satisfaction; moi seul je refusais cette approbation à mon cœur. Plus mon grade s'élevait, plus l'ennui grandissait également dans mon âme. C'est que, ne l'oublions jamais, Dieu a sur chacun de nous des desseins de miséricorde, et nous ne pouvons être heureux et lui plaire qu'en allant où il nous a appelés. A plus forte raison, le bonheur nous fuit-il quand nous entassons iniquités sur iniquités.

» J'étais capitaine au 4e de dragons en garnison à Limoges, lorsque éclata la révolution de juillet. Ce renversement de trônes et de dynasties était sans doute capable de me faire sentir la fragilité des plus éblouissantes gloires de la terre; mais j'étais trop ardent, et ce bouleversement allait trop bien à ma nature inquiète, à mon imagination toujours rêveuse et toujours mécontente, pour que je fusse un des derniers à crier aussi, et même plus haut que les autres : Liberté ! liberté !

» Me demander pourquoi je saluai avec tant d'amour le roi de la France nouvelle serait, je dois le dire pourtant, par hommage à la vérité, m'embarrasser très fort. Je n'avais pas à me plaindre du gouvernement tombé, et je ne songeais pas à un avancement de fortune ; c'était le malaise, la soif de nouveautés, l'espérance des troubles et des guerres, que sais-je, qui me rendait si enthousiaste et prosélyte des changements opérés ou à venir dans ma pauvre patrie.

» Mes paroles avaient été recueillies par mes chefs ; et quoique très certainement je ne fusse pas disposé à servir avec plus de fidélité, en meilleur soldat, la dynastie de juillet que je n'aurais continué à servir la branche aînée, s'il eût plu à Dieu de lui laisser le sceptre, se trompant sur les motifs de mon enthousiasme, ils pensèrent que j'étais un officier qu'il fallait stimuler et gagner au moyen d'une plus grosse épaulette.

» C'était donc le 7 février 1831. Oh ! je n'oublierai jamais, mon Dieu, ce fatal jour, dit-il en élevant ses yeux humides vers le ciel : mon général me fit avertir que dans la huitaine aurait lieu la revue, et que j'y serais promu au grade de chef d'escadron. Ma joie était extrême; j'invitai à dîner plusieurs officiers, et je bus largement avec eux à la conservation et à la gloire du trône de juillet.

» Dans l'ivresse de mon prochain triomphe, j'offensai vivement un vieux capitaine qui était à l'extrémité de la table. Il semblait jaloux de mes espérances, et je m'en vengeai publiquement par de sanglantes injures. Hélas ! il devait être jaloux, en effet ; meilleur et plus ancien soldat que moi, il se voyait ravir un honneur auquel il avait d'incontestables droits. C'était à lui qu'étaient dus ces quelques fils d'or plus épais que l'injustice ou la passion des hommes plaçait sur mon épaule. On méconnaissait ses services, et je devais lui pardonner ses bien légitimes plaintes...

» Cette réflexion ne me vint pas... Je ne compris pas cette ambition naturelle à tout brave qui a noblement servi sa patrie, sans acception du prince appelé par la Providence à lui donner des lois. Des outrages s'échangèrent entre nous, on déclara qu'il fallait du sang pour les laver... Insensé ! ma première balle le laissa mort... Je rentrai chez moi assassin !!!...

» Oui, assassin ! Celui qui tue son semblable à l'angle d'un bois peut n'immoler que le corps, car il est possible que sa victime soit innocente et en état de grâce ; mais moi, j'ai tué le corps, et j'ai aussi tué l'âme, puisque ma victime est morte en état de révolte contre Dieu. Vous n'en êtes plus, messieurs, à douter si le duel est un crime plus monstrueux que l'assassinat proprement dit... De ce que j'ai été plus adroit que le capitaine Laranche, s'ensuit-il que lui, qui était l'innocent, est devenu le coupable?... et quand même il eût été, lui, le plus injuste des provocateurs, était-ce de la sorte qu'il fallait me venger? Se vengea-t-il ainsi de ceux qui lui crachaient à la face et qui le souffletaient, qui le traitaient de séditieux, de voleur, d'infâme, de fils du génie du mal, Celui qui est là, étendu sur cette croix, ajouta-t-il, en collant ses lèvres sur le crucifix suspendu au bout de son rosaire?...

— Oh ! oui, reprit M. de Gervil, les préjugés et les habitudes du monde entraînent au crime bien des âmes...

— Elles ne s'y laisseraient pas entraîner si elles étaient solidement chrétiennes, repartit Frère Anselme avec émotion... Oui, j'ai tué un de mes frères ! n'en est-ce pas assez pour rendre chaque jour grâces au Ciel qui me donne le temps de me repentir ? Elever ces pauvres enfants que Jésus-Christ a rachetés de son sang, et que le monde dédaigne, n'est-ce pas le moyen de rendre moins inutile le reste des jours qu'il m'est donné de passer sur cette terre ?

» Ce meurtre d'un de mes plus fidèles amis, le navrant spectacle des vicissitudes humaines, la prompte lassitude qu'enfantent les plaisirs et les passions, l'inquiétude incessante, le déchirement de la conscience au milieu de cette vie sans Dieu qui doit, pour ainsi dire, se briser fatalement sur une tombe prochaine, me plongèrent dans les plus

graves et les plus douloureuses réflexions. Je m'en-
nuyais affreusement, et j'étais persécuté par une
pensée de suicide. C'était ainsi que j'en aurais fini,
mon Dieu, avec cette vie, mais non avec votre
juste vengeance !...

» En vain, pour m'étourdir ou affaiblir mes ter-
reurs, je feuilletais plutôt que je ne lisais tous les
livres, tous les romans les plus capables d'agir sur
mon imagination dévoyée ; mes indéfinissables angoisses ne faisaient qu'augmenter.

» Enfin je tombai malade... Ici, monsieur, commence le plus mémorable épisode de ma vie, la
plus palpable manifestation des miséricordes du
Seigneur à mon égard. Je ne vous raconterais pas
cela si je n'étais sûr que votre piété, quelque vive
qu'elle soit, ne pourra qu'en tirer d'heureux
fruits.

Après une petite pause, pendant laquelle frère
Anselme éleva vers le ciel sa vénérable tête, il poursuivit :

» En 1823, j'avais occasionné le meurtre d'un
malheureux ouvrier père de famille. Toujours des
scènes de désolation, des larmes et du sang mêlés
à mon histoire !.. La justice et l'honneur m'impo-
saient l'obligation de venir au secours de cette famille privée de son gagne-pain. »

Ce que le bon frère ne disait pas, c'est que, tiré
à bout portant, et blessé à la cuisse par ce misérable, qui n'était autre qu'un forçat libéré, non-seulement il ne l'avait pas tué, mais encore il s'était

efforcé de le soustraire à ses dragons, qui dans leur
légitime indignation en auraient fait immédiatement
justice. C'était donc par pure générosité qu'il s'é-
tait apitoyé sur cette famille, à laquelle ni par honneur ni par justice il ne devait rien. Reprenons le
récit :

« Je me mis donc en rapport avec cette famille,
et je la trouvai digne de mon intérêt. Amélia surtout, l'aînée des trois sœurs, me parut une enfant
que le Ciel me recommandait d'une manière toute
spéciale. Elle avait douze ou treize ans : l'âge dans
lequel elle entrait, sa beauté remarquable, sa pauvreté extrême, allaient évidemment l'exposer bientôt à des dangers terribles. Ce n'était point la foi,
la charité de Jésus-Christ qui guidaient alors mon
cœur, mais une pitié naturelle qui me décida à tendre la main à l'orpheline, à faire quelques sacrifices pour abriter son innocence. N'ayant pas à me
louer d'une œuvre dont s'enorgueillirait à peine un
païen, si j'en parle, c'est parce que ce fait se rattache étroitement à ma félicité actuelle.

» Avec le consentement de sa mère, Amélia fut
donc placée à mes frais chez des Religieuses. Le
respect humain m'empêchant d'aller voir à son couvent ma jeune protégée, je me bornais à remet-
tre à la pauvre veuve les semestres de sa fille.

» Or, au bout de deux ans, cette enfant, par son
intelligence et ses vertus, ayant été, pour ainsi dire,
adoptée par ses dignes maîtresses, et mon changement de garnison étant survenu à peu près à cette

époque, on ne me demanda plus rien ; de sorte que je ne m'occupai plus de la veuve Moreau.

» Puis arrivent cette année qui suivit les journées de juillet, ce dernier duel, ce remords, cet implacable ennui dont je vous entretenais tout à l'heure. J'étais malade à l'hôpital de Limoges, et assurément je pensais alors à tout autre chose qu'à la malheureuse famille que j'avais aidée en passant.

» La fièvre incessante me menait rapidement à la tombe. En vain les médecins me questionnaient, m'étudiaient, ils ne pouvaient définir mon mal, puisqu'en effet je ne souffrais dans aucun de mes organes ni de mes membres, et que la cause de mon dépérissement était seulement au cœur !...

» Il me semble encore voir auprès de mon chevet mes camarades, mes plus intimes amis, les larmes aux yeux, me prodiguant leurs paroles d'espérance, leurs sincères consolations... Je les écoutais à peine, je leur tendais machinalement une main aussi glacée que mon attachement à la vie...

» Car c'était la mort seule que j'appelais à mon aide ; je voulais me détruire. Oh ! combien de fois, mon Dieu, du sein brûlant des angoisses de mon âme, je vous ai sommé de terminer mon existence, vous menaçant, si vous ne le faisiez pas, d'y mettre une fin moi-même ! Pardon, mille fois pardon de tant de blasphèmes !...

» Ah ! monsieur, il en est qui appellent le suicide un trait de courage ; et moi, je l'appelle un insigne trait de lâcheté. Certes j'ai plus souffert pendant mes trois mois de séjour à l'hospice, que je n'eusse souffert en me précipitant d'un bond dans le cercueil, à l'aide du fer ou du poison. Je ne m'en fais pas une gloire ; mais je dis que ce long martyre vaut mieux que l'acte brutal par lequel un coupable en finit avec sa famille dont il méprise les besoins ; avec ses concitoyens qu'il déshonore ; avec sa patrie qu'il paie d'ingratitude ; avec son Dieu surtout dont il méconnaît la puissance et dont il outrage la bonté.

» Quand ma tête se calmait, je voyais dans ce crime une affreuse preuve d'une des plus nobles vérités, de la distinction de l'âme et du corps. Si en effet nous n'étions que matière, me disais-je, nous obéirions machinalement, comme tous les êtres matériels, à une insurmontable tendance vers notre conservation. Pour que notre organisation puisse réagir contre elle-même jusqu'à se détruire, il faut qu'il y ait en elle un principe supérieur qui veuille ce qu'elle ne peut vouloir, qui commande aux forces vitales d'être les exécutrices du trépas.

» Le médecin chargé de la salle. voyant que mon état devenait chaque jour plus grave, dit à une des Sœurs qu'il fallait appeler l'aumônier pour me préparer à la mort.

» Quelques heures après, un jeune prêtre était à mon chevet. Si vous vous rendez, monsieur, tant soit peu compte de l'état dans lequel se trouvait, je dis mal, se mourait mon âme, vous comprendrez sans peine que la mission de cet ecclésiastique, quelles que fussent sa piété, son éloquence, ne pouvait être qu'excessivement pénible et pour lui et pour moi.

» Je croyais bien, en effet, à l'existence d'un Dieu rémunérateur et vengeur, puisque dans les rares moments où mon imagination s'apaisait, comme je viens de vous le dire, c'était de toutes mes convictions celle qui me détournait le plus du suicide. Je croyais bien en un Dieu, puisque la pensée de sa justice suprême me criait : Le suicide, loin de te délivrer du poids des crimes dont tu t'es rendu coupable, loin de te servir d'expiation pour tous tes duels..... tous tes assassinats, ne ferait qu'augmenter la somme de tes iniquités et la fureur des vengeances divines !...

» Mais, d'un autre côté, je ne croyais réellement pas à ce Dieu, puisque je ne cessais de le méconnaître et de l'outrager ; puisqu'à chaque instant je blasphémais contre lui et que j'appelais la mort. Pouvais-je solliciter des sacrements que j'aurais profanés par des murmures sacriléges, par de nouvelles imprécations quelques moments après ; que dis-je ! pendant peut-être que, dans sa clémence, Dieu me les aurait accordés ?

» Vous le voyez donc, monsieur, mon âme, plus que mon esprit et mon corps, gémissait en proie à un malaise affreux. Je voulais, et je ne voulais pas. Je croyais, et par le fait je doutais. Je

craignais, je bénissais le Seigneur, pour le mépriser
et le maudire un instant après... Dieu vous garde
de cet état pire que l'incrédulité ! Puissiez-vous n'a-
voir jamais connu et ne connaître jamais ces heures terribles où le Ciel vengeur se fait si noir sur
nos têtes, qu'il est impossible d'y apercevoir le
moindre rayon d'espérance ; ces heures où la volonté est comme anéantie, où toutes les puissances
de l'âme sommeillent d'un sommeil léthargique, où
le mot de vertu ne retentit plus à l'oreille, où au
nom redoutable d'éternité à peine a-t-on la force
de répondre : Que m'importe ? Je ne saurais com-
parer cet état qu'à celui où se trouve le marin qui,
sous des nuages en feu, au sein des vagues en fu-
rie, non loin d'effroyables écueils, ne sachant comment échapper à la mort qui est certaine, ferme
les yeux et tâche de s'endormir pour n'avoir pas à
lutter contre son épouvantable image.

» Oui, sans être un impie, il m'était impossible
de répondre à la charité du jeune prêtre qui cherchait à exhorter et à consoler mon cœur. De sorte
qu'il s'éloigna de moi découragé dès cette première
et longue entrevue.

» Il revint cependant le lendemain, le surlende-
main encore. Chaque fois je le remerciais. Je lui
faisais, je crois, un bon accueil ; mais c'était
tout. Tantôt éludant ses questions, tantôt pré-
textant la fatigue, et toujours remettant à plus
tard, j'opposais à ses sollicitations paternelles et
brûlantes une indifférence qui devait briser son

âme, puisque, ne la comprenant pas, il lui devenait impossible d'y porter le plus léger remède.

» Peut-être ces détails vous scandalisent-ils, monsieur ; mais puisque vous m'avez demandé mon histoire, il faut bien que je me taise ou que je vous la raconte telle qu'elle est ; je veux dire, en présence de ce Dieu qui m'entend et qui me jugera. »

— Non , non , lui répondit M. de Gervil, ces détails ne nous scandalisent pas ; il nous montrent, au contraire, de quelles vertus devient capable l'homme lorsqu'il a un peu d'énergie et de foi. Mes enfants retiendront, je l'espère, l'enseignement qui les édifie en ce moment.

— Qu'il en soit ainsi ! continua alors Frère Anselme. Que par mon exemple vos chers enfants apprennent à être indulgents pour tous, puisqu'ils voient Dieu toujours clément et bon envers les plus coupables !

« Une demi-semaine s'était écoulée depuis la première visite de l'aumônier , et mon mal empirait, et la mort allait me saisir, sans que je me décidasse à recevoir le Dieu qui venait si généreusement s'offrir à moi !

» La Sœur chargée du soin de la salle était, elle aussi, venue plusieurs fois m'exhorter ; mais toute l'éloquence de son cœur si aimant échouait contre mes insignifiantes réponses. Ce n'étaient pas quelques paroles, quelques sourires de reconnaissance qu'elle me demandait, hélas ! en effet, c'était un retour positif à son Dieu. Je conçois encore ce qu'elle devait souffrir en face d'un moribond qui, tout en la comblant d'honnêtetés et de remercîments, n'en persistait pas moins à lui dire : Vous avez raison..... je vous crois, mais je ne suis pas prêt... attendons... nous verrons d'ici à quelques jours.

» Mais enfin, m'avait-elle dit, refuserez-vous de vous unir à nos prières ? Je voudrais vous recommander à la communauté... Tous nos pauvres, tous nos malades vont adresser pour vous des vœux au Ciel... Promettez-moi, au moins, que vous demanderez aussi au bon Dieu que sa volonté sur vous s'accomplisse !... qu'il touche votre cœur de sa grâce toute-puissante !....

» Et je lui répondis assez froidement en apparence : Je ne m'y oppose pas, ma bonne Sœur; qu'à cela ne tienne... Vous remercierez tout le monde de ma part.

» Je dis, en apparence : en effet, tout en affectant de l'insensibilité, je m'unis intérieurement, du mieux qu'il me fut possible, à toutes ces supplications. Je désirais bien réellement que Dieu lui-même levât des obstacles que je ne songeais pas à surmonter, qu'il donnât à mon cœur une force que je ne cherchais même pas à acquérir.

» Les prières commencèrent. Je me rappelle encore, monsieur, combien je fus attendri, soulagé, dès que retentirent à mes oreilles ces saintes paroles : Priez pour lui ! ayez pitié de lui ! répétées par une cinquantaine d'infirmes, de malades dont la position était très certainement plus triste et plus désolante que la mienne, puisqu'ils n'étaient presque tous que de pauvres ouvriers, de malheureux domestiques, d'indigents pères de famille. Dieu malgré moi avait eu pitié de moi !...

» Et avant que les saintes litanies eussent pris fin, je m'étais déjà dit, comme autrefois un grand pécheur : C'en est fait, je vais à vous, mon Dieu. Je crois que si M. l'aumônier eût paru alors, j'eusse procuré à mon âme la seule consolation qui pouvait la sauver, et à mon corps le seul remède qui devait le guérir. Mais non, les choses ne se passèrent point de la sorte.

» Deux officiers qui venaient me voir tous les jours entrèrent dans ce moment. Ils me trouvèrent ému et les yeux ruisselants. Qu'as-tu donc aujourd'hui, me dirent-ils ?

» Le capitaine Dubuisson appartenait à une ancienne famille noble dans laquelle les traditions pieuses étaient héréditaires. Donc, sans être un dévot, il sentait que, au moins au lit de mort, on avait un devoir à remplir ; et très certainement, s'il avait été dans ma position, il n'eût pas hésité à se réconcilier avec son Dieu.

» Quant au lieutenant Ruaud, c'était un jeune fat, sans instruction, sans aucune portée d'intelligence, incapable de savoir ce qu'est une grande douleur morale, une lutte généreuse dans la volonté, quel est le poids d'un remords. Pour vous le dépeindre en deux mots, c'était un de ces hommes qui vivent au jour le jour sans s'attacher à rien, sans aimer réellement personne, sans s'inquiéter du lendemain.... et surtout de ce qui se passe pour nous par-delà la tombe. Son affaire à lui était d'avoir une chevelure et des moustaches bien peignées, des habits artistement découpés, des bottes éblouissantes, et le reste à l'avenant.

» Je leur dis alors naïvement le sujet de mon émotion et de mes larmes; je leur parlai des instances qui m'étaient faites depuis quelques jours par l'aumônier et par les saintes femmes dont la charité sans bornes me pénétrait de la plus vive reconnaissance.

» Faiblesse et bizarrerie du cœur de l'homme! un rien le déconcerte, un rien le jette dans une fausse voie! Et, hélas! c'est presque toujours ainsi que les choses se passent dans le monde. N'est-il pas vrai que l'inconséquence et la fatuité effrayaient la sagesse et lui font plier le genou devant elles?

» Bah! dit en haussant les épaules, et avec un rire sardonique, le lieutenant Ruaud, tu m'eusses donné en mille à deviner le sujet de ta tristesse, et je n'y serais pas tombé. C'est une affaire de confession qui te bouleverse de la sorte? En vérité, je te croyais moins simple et moins trembleur. La maladie, sans doute, a affaibli ta raison... Il ne te manquait plus que cela.

» Et l'insensé, par ses sarcasmes, arrêtait sur les lèvres du faible capitaine Dubuisson une parole,

7..

un conseil que j'attendais avec impatience. Un mot d'encouragement m'eût déterminé à réaliser la pensée salutaire qui agitait mon cœur.

» Dubuisson, intimidé, se borna à me presser machinalement la main, à m'adresser quelques banalités, et ils partirent me laissant dans un état pire que le premier.

» O lâcheté inexplicable ! moi dont l'orgueil ne pouvait souffrir la moindre gêne, la plus légère humiliation ; moi qui, plutôt que de manquer à ce que j'appelais l'honneur, avais tant de fois exposé ma vie et répandu le sang de mes frères, je tremblais encore au lit de mort, même pis qu'un enfant, devant la misérable crainte d'un quolibet !.... Ma conscience m'avait hautement crié : Reviens à Dieu ! ne repousse pas les avances de ce maître suprême ! et je n'hésitais point à résister à ce Dieu, à sacrifier au respect humain ma vraie gloire, la vie éternelle de mon cœur.

» Oh ! oui, infortuné, ou plutôt obstiné pécheur que j'étais... une indigne peur de la raillerie de quelques étourdis me faisait manquer à l'honneur et étouffer le cri vengeur de ma conscience.

» Et j'en étais là, n'ayant plus devant moi que quelques jours à vivre. Je ne me sentais plus sollicité vers Dieu ; l'émotion que venait de me faire éprouver la pieuse et solennelle supplication adressée pour moi avait fait place à la plus profonde perturbation. Le Seigneur, las d'attendre, venait enfin de détourner de moi son regard miséricordieux.

» Que j'ai souffert, monsieur, dans ces moments !
Sans doute Dieu ne m'a point traité comme le mé-
ritaient l'étendue et la noirceur de mes crimes; sans
doute Dieu avait encore pitié de moi... Mais que
j'ai souffert, lorsque, d'un côté, ne voulant plus
du suicide dont la réflexion et la grâce m'avaient
fait comprendre plus que jamais la monstrueuse
horreur ; de l'autre, ne voulant pas d'un Dieu dont
je sentais le besoin et dont j'entrevoyais les vengeances, j'étais attaché sur un chevet de douleur,
à quelques pas de la mort, sans aucune consolation
du Ciel ni de la terre ! J'éprouvais déjà au fond de
mon âme toutes les tortures de l'enfer, je ne savais
où porter mes regards, où fixer mes pensées, j'appelais une mort que je repoussais bientôt de toutes
mes forces. Quel état, grand Dieu ! quel horrible,
mais trop stérile martyre ! »

Frère Anselme s'arrêta ici un instant. Il demanda
la permission d'aller au milieu de ses élèves leur
faire réciter une dizaine leur chapelet. La prière
faite, il revint s'asseoir auprès de la famille de
Gervil, impatiente de connaître la fin de cette touchante histoire.

VIII

Suite de l'Histoire de Frère Anselme.

Frère Anselme continua ainsi :

« Vous avez vu , monsieur , les miséricordes du
Seigneur envers le plus misérable des pécheurs ;
mais vous n'avez, pour ainsi dire , rien vu encore.
Le Seigneur allait me guérir, me sauver peut-être ;
oui , me sauver malgré moi, puisqu'il m'a dit d'es-
pérer jusqu'à mon dernier soupir.

» Je vais donc vous raconter cette dernière page
de ma vie au milieu du monde. Je n'en omettrai,
si vous le voulez bien, aucune circonstance, car
les plus minces détails me semblent importants; ils
sont d'ailleurs si délicieux pour mon âme !

« J'étais étendu sur mon lit exténué de souffrances et dévoré par la plus sombre tristesse, cherchant dans les diverses phases de mon existence les heures trop rares où je n'avais pas entièrement oublié Dieu, pour trouver dans ces souvenirs un peu de consolation et d'espérance, lorsque j'aperçois un ange se dirigeant vers moi.

» Oui, un ange! c'en était bien un que le Seigneur m'envoyait revêtu des formes célestes de la jeune sœur Saint-Léon. Qu'elle était belle cette enfant, de cette beauté d'innocence et de candeur que la plume des poètes et le génie des plus grands peintres ne sauraient rendre! Qu'elle était belle, la pieuse vierge, sous cette cornette blanche qui encadrait sa mélancolique et gracieuse figure, sous cette longue de robe serge noire qui faisait ressortir sa haute stature et sa taille élancée. Elle portait dans ses moindres mouvements, dans tous ses traits, ce cachet auguste et attendrissant de la tristesse qu'enfante le précoce apprentissage des malheurs et des peines. Rien d'aussi éloquent que son maintien timide. Je me plais à placer sous vos yeux cette créature ravissante. Les impressions qu'elle me causa alors, et les doux souvenirs qu'elle m'a laissés, ont été et sont encore purs et innocents comme elle-même!

» Agitée, émue, vacillante comme un faible roseau, sœur Saint-Léon s'approche de moi, et en balbutiant, en s'arrêtant presqu'à chaque syllabe, elle me dit : « J'ai demandé... et obtenu la permission de venir vous voir un instant... Vous êtes bien, n'est-il pas, monsieur le capitaine Durivau ?...

» — Oui, lui dis-je, ma sœur... Mais il est permis à tout le monde de me parler. Je ne suis pas assez grossier ni assez malade pour...

» — Non, répliqua-t-elle, il n'est pas permis aux jeunes Sœurs d'entrer dans cette salle... Mais je ne suis pas votre sœur, et dans tous les hôpitaux du monde, je le pense, on permet à une fille de venir voir son père... »

» Et deux grosses larmes coulèrent furtivement de ses grands yeux bleus...

» Je ne sais ce que je lui répondis ; mais elle, tombée à genoux, saisit ma main glacée qu'elle porta à ses lèvres, et qu'elle couvrit de ses pleurs et de ses baisers, en répétant au milieu des sanglots ces paroles que j'avais peine à distinguer : « C'est mon père qui est là... vous êtes mon père ! Que je suis heureuse !... »

» Vous dire, monsieur, ce que j'éprouvai en ce moment m'est absolument impossible. Je ne savais si j'étais plongé dans le délire, sous l'impression d'un rêve ou d'une hallucination délicieuse, lorsque la pauvre enfant se relevant, et pressant ses douces lèvres sur mon front, me répéta par deux fois : « Mon père, ne vous souvient-il plus d'Amélia ! »

» A ce nom d'Amélia, une indicible émotion de bonheur fit tressaillir mon âme, et, à mon tour, portant vivement à ma bouche la blanche et brûlante main de ma fille, je lui dis, je crois : « Est-ce bien toi, mon enfant? est-ce bien toi, pauvre orpheline, toi qu'il y a huit ans j'asseyais sur mes genoux ?

» — Oui, oui, repartit-elle, c'est bien moi! »

» Et après m'avoir rapidement raconté comment elle était devenue sœur hospitalière, pourquoi elle avait préféré à tout autre nom celui de Léon, parce que c'était ainsi que dans son enfance elle m'avait entendu appeler, la tendre enfant me dit combien elle remerciait Dieu de l'avoir attachée à ce séjour, puisqu'elle goûtait le bonheur de m'y revoir et de m'y aider à recevoir un jour dans le Ciel la récompense de mon bienfait.

» Que la nuit, poursuivit-elle, a été longue pour moi! Combien j'ai prié depuis le moment où le nom du capitaine Durivau, recommandé à la charité de toutes mes sœurs, est venu frapper mon oreille! Combien de fois je me suis dit : Non, il ne mourra pas sans revoir sa fille bien-aimée; s'il doit mourir, c'est moi qui dois lui fermer les yeux!

» Hélas! lui répliquai-je, oui, je vais mourir, mon enfant, et mourir d'une mort bien affreuse, au moment où le Ciel me faisait entrevoir un peu de bonheur.

» — Le bonheur!... oh! reprit-elle en sanglotant, vous le goûterez bientôt; car ce Dieu que vous avez repoussé va venir à vous dans un instant, et l'arbitre de la vie et de la mort vous rendra la santé quand nous l'aurons prié ensemble.

« Ma conversion, si j'ose ainsi nommer mon acquiescement à tous les désirs d'Amélia, fut spontanée, prompte comme la foudre. Je ne délibérai même pas sur ce qu'elle allait faire de moi, je regardai Amélia comme un ange me commandant au nom du Ciel.

» Et un instant après, pendant que l'aumônier entendait la triste confession du plus coupable des hommes, je voyais à l'angle de la salle, en face d'une croix, mon ange les deux mains jointes, priant pour son père. Je voyais remuer ses lèvres, s'abaisser et s'élever ses yeux ruisselants, et j'entendais ses sanglots... Et pendant que je recevais le corps sacré de Jésus-Christ, mon ange était agenouillé à mon chevet, pressant ma main dans les siennes, et répondant pour moi aux prières de l'agonie.

» Je crois l'entendre encore, soupirant ces mots :

« Mon Dieu, faites descendre en son cœur le rayon brûlant de votre grâce, ôtez le bandeau de ses yeux, inondez de clartés les ténèbres qui l'entourent... Souvenez-vous du bien qu'il a fait, de la veuve et des orphelins qu'il a sauvés... Dès ce jour j'émets le vœu de me consacrer tout entière à la plus austère pénitence. Le pain et l'eau seront ma seule nourriture, jusqu'au fortuné moment de sa conversion que j'implore. »

» Et quand la cérémonie fut terminée, quand la foule se fut retirée, mon ange ne me quitta pas. Ce fut elle qui prononça les paroles de l'action de grâces ; ce fut elle qui exprima à Dieu les pensées de

mon cœur ; ce fut elle qui lui demanda la conservation de mon existence, la possession du bonheur !

» Soutenu toujours par le courage et la tendresse
d'Amélia, ayant retrouvé la paix intérieure, je ne
tardai pas à reprendre mes forces. Je vous l'ai dit,
monsieur, tout mon mal était au cœur ; car il y
avait dans ce cœur du trouble, des angoisses, d'affreux remords : c'était là que se cachait le germe
destructeur qui résistait à toute la science, à tous
les efforts des hommes de l'art. Mais attiré tout-à-
coup par la grâce du Seigneur, en recouvrant le
calme de la conscience, j'avais retrouvé l'énergie
victorieuse du mal, et bientôt je fus assez fort pour
descendre à la chapelle communier à côté de ma
jeune et bien-aimée libératrice.

» Je vous saurai gré de ne pas oublier cette partie de ma vie, elle est frappante ; elle doit être pour
tous, pour les pécheurs, une haute leçon, un
profond enseignement. Combien, hélas ! dans le
monde blasphèment, à mon exemple, ce qu'ils ne
connaissent pas ! Combien meurent d'une mauvaise
mort, et que le soupir brûlant d'un cœur ami
pourrait rappeler à la vie et à la félicité !

» Mais écoutez encore... mon histoire n'est pas
terminée... Dieu avait gagné mon cœur ; il n'en
était cependant pas encore l'unique maître. C'était
Amélia qui devait lui en obtenir la pleine conquête ;
c'était Amélia qui devait indirectement me conduire
dans ces paisibles hameaux.

» Deux mois après, je repris mes fonctions dans

mon régiment, qui était toujours en garnison à Limoges. Tous les huit jours je recevais une lettre de la pieuse sœur Saint-Léon, ou elle en recevait une de moi. Ce délassement était le plus précieux moment de ma journée. J'avais laissé les romans, et je ne lisais plus que des ouvrages sérieux ; car elle me l'avait ordonné. Je ne fréquentais que quelques personnes intimes, dont les relations étaient, je ne dis pas avantageuses, mais du moins indifférentes et sans dangers graves.

» Je venais d'être élevé au grade de chef d'escadron. Cette nomination, à laquelle je ne m'attendais pas encore, tout en fortifiant mon attachement pour l'état militaire, me pénétra de confusion devant un Dieu qui me bénissait et me glorifiait, alors que je venais de me montrer si indigne de sa bonté. Ma pensée se reporta de nouveau sur l'inconstance et le néant des grandeurs humaines.

» Aussi bien je me rendis assez triste à la brillante fête que le général inspecteur donnait le soir même à tous les officiers du régiment. Pendant le dîner , j'affectai une gaîté qui avait fui de mon âme ; je causais, je riais, mais je sentais que désormais ma place ne devait plus être là.

» Impatiemment j'attendais l'heure du bal pour donner un libre cours à mes réflexions, à ma tristesse. Je sortis donc inaperçu, et je dirigeai mes pas dans la campagne.

» Il y avait déjà trois heures que j'allais et venais, me promenant seul sous un ciel dont la limpidité parfaite me plongeait dans le ravissement. Plein du souvenir de la pieuse Amélia, je pressais sur mon cœur sa dernière lettre, dont Dieu sans doute lui avait inspiré les lignes. Elle commençait par ces mots : « Qu'il est doux d'aimer Dieu, mon père ! Que la terre est froide et vide ! Que le paradis est beau !... »

» Puis j'entends sonner minuit à la grande horloge de Saint-Michel ; je crois que le signal m'est donné d'en finir avec le monde, de me consacrer tout entier à Dieu, comme ma jeune libératrice. Je pars !

» Me rendant droit aux messageries générales, j'écris à la hâte sur le bureau une lettre à mon colonel, le priant d'accepter ma démission et de ne pas s'informer de moi... Enfin, à deux heures, j'étais en route pour la communauté-mère des Frères des Écoles chrétiennes.

» Il y a donc, monsieur, dix ans bientôt que j'ai eu le bonheur de revêtir ce costume, dix ans écoulés pour moi plus rapidement que dix jours, tant m'est légère la vie que Dieu m'accorde. »

— Mais, reprit M. de Gervil, elle doit être dure la vie que vous passez au milieu de ces enfants indociles, grossiers, mal élevés ; et puis, quelles distractions avez-vous ? aucune sans doute.

— Erreur, erreur ! Et d'abord, quand ces enfants me donneraient une grande peine, je n'ai pas besoin de réfléchir pour comprendre que je dois la supporter. Dieu n'a-t-il pas enduré, non pas mes légèretés, mes indocilités, mais les froides révoltes de ma raison et les crimes de mon cœur ? Mais non, ils ne sont pas indociles, mes bons petits élèves ; je les aime, et je crois être payé de reconnaissance. En général, soyez-en persuadé, les écoliers ne sont revêches et ingrats que parce que leurs maîtres leur portent peu d'intérêt. A moins d'avoir le cœur tout-à-fait bas et sec, comment répondre à l'amour par la haine ? Croyez-le, monsieur, j'éprouve en une heure avec mes élèves plus de contentement et de joie que je n'en éprouvais pendant des mois entiers sous mes *épaulettes d'or.*

Et nos voyageurs se séparèrent en remerciant Frère Anselme, non toutefois sans qu'Alfred et Victorine n'eussent adressé aux heureux petits villageois une espèce de sermon très convaincant, car il partait du cœur, où ils leur recommandaient de répondre aux soins pieux et paternels de leur bon instituteur, de l'aimer, de ne jamais chercher à lui faire la moindre peine, puisqu'il se sacrifiait pour eux, et que tout ce qu'il leur disait et ordonnait n'avait pour but que leur bonheur.

De Marval, nos voyageurs se rendirent à Saint-Mathieu ; ils s'arrêtèrent peu dans toutes les communes qui en dépendent. Ces contrées où la solitude et l'ignorance font trop souvent naître des crimes, étaient alors, plus qu'en tout autre moment, propres à attrister, puisque c'était par centaines que ceux qui les habitaient paraissaient sur la sellette des assises de la Haute-Vienne.

Mais ils n'oublièrent pas de monter sur le *Puy-Conieux*, un des points les plus élevés du département, comme nous l'avons dit, d'où l'œil embrasse un très vaste horizon.

Ils visitèrent aussi quelques-unes des forges, des fonderies et des tréfileries qui, assez nombreuses, font la principale ressource de la classe ouvrière généralement pauvre dans ces parages, qui ne produisent que le bois en abondance.

Enfin, dans les premiers jours d'octobre, ils arrivaient à Rochechouart.

IX.

Rochechouart. — Saint-Junien. — Verneuil — Aixe. — Condat. — Les Tours de Chalusset.

ROCHECHOUART, situé sur un roc au-dessus du cours de la Graine, offre de remarquable son château qui a si souvent exercé les écrivains et les peintres. Ce monument du moyen-âge, non loin des frontières de l'Angoumois, est comparable pour l'étendue et l'importance aux grands manoirs de Verteuil et de La Rochefoucauld. Les quatre grosses tours sont en partie démantelées; mais le corps et la charpente de l'édifice sont d'une parfaite conservation. On l'a utilisé en y plaçant les établissements publics à la charge de la ville ou du département.

En contemplant ces débris de châteaux, d'églises,

etc., Alfred et sa sœur obsédaient de questions leur bon père qui s'empressait d'y répondre ; car, pour stimu'-- leur attention, maintes fois il leur avait dit :

« Rien n'est plus digne du regard des hommes qui vivent de la vie de l'intelligence que ces débris de monuments. Ces ruines sont en effet l'histoire, mais l'histoire vivante des pensées, des sentiments, des croyances qui animaient nos ancêtres. C'est à l'aide de ces restes précieux que l'on peut acquérir des notions plus certaines sur des siècles qui se sont enfouis dans l'abîme de l'éternité. L'architecture, la sculpture, la peinture, ne sont-elles pas autant de pages de l'immense volume dont se composent les annales de l'humanité, aussi bien que ces caractères tracés sur le parchemin et sur le papier, et que l'on appelle l'écriture? Un de nos illustres écrivains a dit, avec raison : « Que sont nos belles cathédrales, sinon des idées construites en pierres? »

» Voyez, mes enfants, avec quelle ardeur on se livre, depuis quelques années surtout, en France, à l'archéologie, c'est-à-dire à l'étude de tous ces débris antiques épargnés par le temps et par le bras des hommes, plus aveugles et plus destructeurs encore. Dans tous les départements se sont formées des sociétés qui mettent en commun leurs recherches, leurs réflexions, leurs veilles, leurs sacrifices, qui tracent aux beaux-arts la voie qu'ils doivent suivre, empêchent les dévastations du vandalisme, et conservent ainsi à leur manière le feu sacré de l'amour de la patrie. Car enfin la patrie, comme le disait un fameux orateur grec : « Ce n'est pas la terre couverte d'arbres ou de murailles, mais la terre où reposent les cendres de nos pères, fécondée par leurs sueurs, enrichie par leur génie, illustrée par leur gloire. » La patrie, c'est le foyer de la famille. Or, quel enfant bien né ne tient pas à contempler, à étudier ces lieux où il retrouve à chaque instant le souvenir d'un père et d'une mère qu'il aima ?

» Non, je ne me trompe pas, mes enfants, en assimilant l'amour de la patrie à celui de la famille. La preuve, je ne la chercherai pas dans notre esprit, dans de froids raisonnements, dans des rapprochements plus ou moins contestables, mais dans le cœur, dans les sentiments élevés de tout homme supérieur ; je la chercherai dans les actes de MM. de Caumont, Montalembert, Didron, chez lesquels tout ce qui tient à l'archéologie est l'objet d'une espèce de culte.

» Je serai heureux, mes enfants, de voir bientôt entre vos mains les ouvrages de ces écrivains laborieux et savants. Avec vous volontiers j'irais explorer les ruines, déchiffrer les signes hiéroglyphiques des pierres et des tombeaux, exhumer les vieilles médailles, compulser les chartes et les parchemins antiques. J'aimerais à vous entendre me dire, après de longues heures passées dans ces études que dédaigne la foule ignorante : J'ai trouvé plus de plaisir dans cette visite aux hommes et aux choses d'autrefois, que je n'en ai trouvé dans un plaisir bruyant ou dans une partie de chasse. »

Dans les communes de Rochechouart et dans celles de Saint-Junien, que visita successivement la famille de Gervil, elle eut à contempler une multitude de ruines, d'édifices religieux. Le séjour et le souvenir de saint Amand et de saint Junien avaient peuplé ces campagnes d'ermitages et d'oratoires ; et ainsi, là, comme à Saint-Léonard, à Eymoutiers, au Dorat, c'est à des religieux que des contrées doivent le changement de terrains arides et incultes en habitations nombreuses et en terres productives.

Sur les rochers qui bordent la rivière de Glane, où se trouvent les vestiges de l'asile solitaire de saint Amand et les ruines d'une église élevée à la mémoire de ce pieux anachorète du VIe siècle, M. de Gervil récitait à ses enfants ces beaux vers d'Alexandre Soumet :

Eh ! qui n'a parcouru d'un pas mélancolique
Le dôme abandonné, la vieille basilique
Où devant l'Éternel s'inclinaient nos aïeux !
Ces débris éloquents, ce seuil religieux,
Ce seuil où tant de fois, le front dans la poussière,
Gémit le repentir, espéra la prière :
Ce long rang de tombeaux que la mousse a couvert,
Ces vases mutilés et ce comble entr'ouvert,
Du temps et de la mort tout proclame l'empire :
Frappé de son néant, l'homme observe et soupire.
L'imagination à ces murs dévastés
Rend leur encens, leur culte et leurs solennités ;
À travers tout un siècle écoute les cantiques

8

Que la religion chantait sous ses portiques.
Là rougissait l'hymen ; ici l'adolescent ,
Beau comme son offrande et comme elle innocent ,
Consacrait au Seigneur, modeste tribulaire ,
De jeune fleurs , des fruits prémices de la terre.
Mais tout a disparu; le temps a fait un pas;
Où souriait l'enfance est assis le trépas ;
L'herbe croît sur l'autel ; l'oiseau des funérailles
De son cri prophétique attriste ces murailles.
Seulement quelquefois un cénobite en deuil
Y vient de son ami visiter le cercueil.
C'est lui ! le souvenir vers ces lieux le ramène ;
De tombeaux en tombeaux sa douleur se promène
Parmi des ossements et des marbres brisés
Témoins de ses regrets, de ses pleurs arrosés.
Il creuse sans pâlir sa retraite dernière.
L'aquilon de minuit se mêle à sa prière,
Et le cloître attentif en redit les accents.
    A ces restes sacrés, à ces murs vieillissants,
Quel pouvoir inconnu malgré moi m'intéresse ?
C'est la religion : oui , cette enchanteresse
Se plaît à nous unir d'un nœud mystérieux
A tous les monuments consacrés par les dieux.
Le tombeau du martyr , le rocher , la retraite
Où dans un long exil vieillit l'anachorète ,
Tout parle à notre cœur : et toi, signe sacré ,
Des chrétiens et du monde à l'envi révéré ,
Croix modeste , quel est ton ineffable empire !

   . . . .
   . . . .

Saint-Junien , une des villes du département
qui a le mieux conservé sa physionomie du moyen-
âge, excita leur attention par cette activité, cette vie

qui caractérisent les cités grandes et petites de l'antique Limousin. Le commerce, l'industrie semblent y occuper toutes les têtes et tous les bras.

Saint-Junien se fait remarquer par ses fabriques de gants, qui furent pour Victorine surtout l'objet d'une foule de questions.

— Oh ! quel minutieux et pénible travail! s'écriat-elle, en voyant toutes ces ouvrières passant et repassant sans cesse leurs fils imperceptibles de soie aux extrémités de ces peaux d'agneaux ou de chevreaux, si ténues, si délicates, si propres. Mon Dieu, que de patience pour ne pas les déchirer, ni les salir à chaque instant !

— Oui, la chose est difficile, lui répondaient les ouvrières, sans discontinuer leur travail; mais avec de l'attention on vient à bout de tout. Voyez, nous y allons assez vite; mais notre aiguille court moins vite sans doute que votre plume.

— Avec la différence, répliqua Mᵐᵉ de Gervil, que, lorsqu'elle écrit de travers ou qu'elle barbouille, elle en est quitte pour une petite observation très bénigne de ma part, n'est-ce pas ? tandis qu'une pièce manquée vous reste pour compte. Tu vois, Victorine, que c'est en vivant au milieu des ouvriers qu'on apprend ce qu'est, ce que vaut le travail. Un mauvais coup d'aiguille, une reprise trop précipitée, un doigt suant ou malpropre, c'en est assez pour ravir à la gantière le bénéfice de sa journée.

» Oui, mon enfant, ce sont bien des soins que

demande la confection de ces gants ! que d'attention pour ne pas leur ôter leur fraîcheur, leur éclat ? Et pourtant, ô vanité des choses d'ici-bas ! après une soirée, c'est par centaines qu'il faut jeter à la rue ces ornements de toilette, décolorés et flétris. Faut-il, hélas ! que ce soit toujours ainsi que les joies des riches fassent la ressource du pauvre ! Oh ! il y a là un terrible problème posé à l'homme par la Providence. Puisses-tu, Victorine, y réfléchir chaque jour ; car enfin, sans ces bagatelles, qui sont cependant indispensables à tous ceux qu'on appelle du grand monde, combien d'ouvriers et d'ouvrières languiraient dans l'indigence ! »

— Mais le produit de ces fabriques est donc bien considérable ? interrompit Victorine.

— Il est énorme, mademoiselle, répliqua la maîtresse ouvrière ; il occasionne, dit-on, le roulement de plus d'un million de francs.

» Et cette somme ne vous étonnera pas, lorsque vous saurez que les caisses grandes et petites où sont emballés nos ouvrages sont expédiées non-seulement sur tous les points de la France, mais encore à l'étranger. Car les gants de Saint-Junien ont acquis depuis longtemps une célébrité que nous tâchons de lui conserver. Nos maîtres tiennent à ce que l'ouvrage soit bien fait, mais nous-mêmes y tenons autant qu'eux ; car, si cette industrie se déplaçait, et elle se déplacerait, vous le comprenez aisément, pour peu que nous y missions de la négligence, plus de la moitié des habitants de Saint-

Junien seraient obligés d'aller chercher du travail ailleurs. »

Mme de Gervil laissa faire à Alfred et à Victorine leur petite provision de gants, selon leurs goûts. Ayant vu ce qu'ils coûtaient de travail et de difficultés, ils ne songèrent même pas à marchander le prix qui leur fut demandé.

De Saint-Junien, les voyageurs se rendirent à Verneuil, en traversant Saint-Victurnien, patrie de deux savants distingués, Jacques et Léonard Merlin. Ce bourg, sur la Vienne, voit chaque jour de nombreux pélerins agenouillés sur le tombeau qui recèle les restes de l'anachorète qui, venu d'Ecosse au VIIe siècle, mourut en ce lieu et lui donna son nom.

Verneuil, une des plus populeuses communes de la Haute-Vienne, en est sans contredit une des plus jolies et des plus riches. Là peu de colons ou métayers : chaque habitant est propriétaire d'une partie de terrain assez exiguë peut-être ; mais enfin il est *chez lui*. C'est que là partout le sol et très fécond, et que la proximité de Limoges rend facile et fructueuse la vente de toutes les denrées. Dans la saison des fruits, les dix kilomètres qui séparent Verneuil de la capitale du Limousin présentent un aspect qui n'est pas sans intérêt. Elles sont pittoresques ces espèces de caravanes de paysans et de paysannes endimanchés se succédant sans relâche, poussant devant eux leurs chevaux ou leurs ânes pacifiques chargés de bâts, de paniers, de corbeilles,

que remplissent surabondamment les pêches,
les abricots, les pommes, les pavies, les poires,
les prunes, les raisins de toute nuance, de toute
grosseur. Bagage brillant et embaumé que trop
souvent le bâton noueux ou le fouet du conducteur-
propriétaire défend mal des gamins rôdants ou s'é-
lançant de leurs embuscades.

J'ai nommé les raisins en dernier lieu, mais ç'a
été par inattention. Car le cep chéri de Bacchus
est le premier trésor, la première culture, la première palme de Verneuil. La famille de Gervil put
s'en apercevoir ; elle en traversait les villages juste
à l'époque des vendages.

Les vendages !... telle fut la première description
qu'Alfred et Victorine durent composer à la rentrée.
Et comment ne se seraient-ils pas acquittés admirablement de ce sujet connu et rebattu, sans avoir
recours à leur Manuel de littérature, après avoir
vu de leurs propres yeux ces joyeux travailleurs
faisant retentir de leurs refrains champêtres les
échos de la paisible Vienne et des collines qui l'entourent, entassant à l'envi les grappes ruisselantes
dans leur nattes de branches, dans leurs treillis d'o-
sier, ou les versant dans la cuve d'où s'exhalaient la
douce vapeur et le parfum tant de fois célébrés par
les poètes, et plus souvent encore par les chan-
sonniers !

Si doux était le plaisir, si aimable le travail pour
Victorine et son frère, que volontiers ils eussent
pris le chapeau de paille à large bords, la serpe

redevenue luisante et la pesante hotte, pour venir
en aide aux aimables vendangeurs ; mais l'itinéraire
était marqué, chaque jour avait son emploi : il fallait donc terminer la halte, car la durée des vacances n'était pas infinie.

Les voyageurs se rendirent à Aixe, chef-lieu de
canton. Ce qui les surprit en le parcourant, ce fut
la quantité innombrable de réortes qu'on avait ac-
crochées ou entassées devant chaque porte. « Tout
le monde est donc ici boulanger ? » s'écriaient les
deux enfants. Plus grand encore se manifesta leur
étonnement lorsque, ayant mis les dents l'un et l'autre dans une des couronnes si dorées, si luisantes,
artistiquement entre-mêlées, à l'odeur si beurrée, si
agaçante, ils ne trouvèrent qu'un pain gros, noir,
lourd, mat, ni cuit ni à cuire, selon l'expression vulgaire ; et lorsque la vendeuse, mécontente
du mauvais accueil fait à sa marchandise, leur eut
dit, en prenant le ton haut, et d'un air indigné et
sarcastique » : C'est drôle tout de même, moi qui
fais la meilleure besogne de ce pays-ci ! Vous êtes
bien friands, vous autres, car je ne puis suffire aux
demandes qui me sont adressées de vingt lieues à
la ronde ; et mon fils *Piarrou*, qui emporte deux
fois par semaine ces deux gros mannequins que
vous voyez là-bas, a toujours soin de me dire :
« Remplis bien, remplis bien, ma mère ; tu sais
bien qu'à moitié route il n'y a plus rien au fond ! »

Les enfants de Gervil se retirèrent, en se disant :
Fortune, que tu es donc bizarre dans tes faveurs !

qui se douterait que pareille pâte fût matière à
à grosse exportation !... Il faut que les autres pays
soient bien maladroits pour ne pas ravir à Aixe son
incroyable monopole !

En quittant Aixe, ils aperçurent parmi les sites
sauvages, au milieu des vallées sombres qui l'entourent, quelques pans de vieux murs perdus sous des
lierres, jetés hardiment sur la crête d'un rocher
penché sur un précipice de 27 mètres de profondeur. « Ces ruines que le temps détruit chaque
jour, défendues de deux côtés par deux torrents,
la Vienne et l'Aixette, sont celles, leur dit leur
jeune propriétaire, d'un des plus forts châteaux de
la province, et des plus anciens.

» Le château d'Aixe est célèbre dans les guerres du
moyen-âge. Ici tout près vous verrez le château de
Barry, ou est né le poète académicien Beaupoil-
Saint-Aulaire, dont Voltaire a dit : *Anacréon moins
vieux fit de moins belles choses.* »

Traversant Isle, dont les maisons vertes et gen-
tilles sont échelonnées sur la large colline dont la
Vienne baigne les pieds, après avoir visité les ruines
de l'ancien château ou maison de plaisance des évê-
ques de Limoges et les belles usines que mettent en
œuvre les eaux de cette rivière, et surtout le vaste
établissement où se trouvent l'imprimerie et les pres-
ses mécaniques des éditeurs de ce livre, la famille
de Gervil se rendit à Condat. Ce nom, qui signifie
confluent en langue celtique, a été donné à ce lieu
à cause de sa situation près du confluent de la

Vienne et de la Briance. Les restes de constructions romaines qu'on y trouve accusent l'existence d'une position autrefois importante.

De Condat, les voyageurs partirent pour Solignac. Je ne sais quel sentiment s'empare du voyageur en entrant dans ce bourg. L'édifice qui le domine, et dont les dépendances en forment la partie la plus considérable, est une ancienne abbaye de Bénédictins fondée par un des hommes les plus remarquables que le Limousin ait produits ; nous voulons dire saint Eloi, illustre comme artiste, comme évêque, comme administrateur. Malgré toutes les dévastations qu'elle a éprouvées, en devenant depuis longues années une manufacture de porcelaines, elle offre encore un aspect imposant. La large façade, toute en belles pierres de granit, avec ses arceaux, ses colonnes, ses innombrables fenêtres, est là, s'élevant majestueuse sur le versant au pied duquel serpente la Briance.

Les sentiments qu'on éprouve en parcourant l'intérieur de l'immense bâtiment ne sont pas moins tristes. Sous ses corridors riches de sculptures, sous ses galeries mi-brisées, l'œil contemple des restes de statues ou d'emblèmes en face desquels les bons religieux faisaient sans doute des haltes pour se rappeler les pensées du ciel, et qui maintenant voient passer et repasser l'ouvrier indifférent.

En lisant çà et là ces inscriptions incrustées dans les murs : *Vivit Deus in cujus conspectu sto* (Il vit le Dieu en présence duquel je marche) ; *Pax ibi*

(Que la paix règne ici); *Dulcis concordia fratrum*
(Elle est douce la concorde entre frères); en lisant,
dis-je, ou déchiffrant ces devises saintes, M. de
Gervil n'oubliait pas de faire remarquer à ses enfants combien Dieu devait bénir la France alors que
sur tant de points de son territoire s'élevaient des
maisons uniquement consacrées à le prier, à l'a-
dorer, à détourner par leurs mortifications ses
vengeances de dessus les têtes de leurs frères,
qui dans le monde l'oubliaient ou l'outrageaient.
Oh! oui, leur disait-il, la France, malgré sa richesse, est devenue pauvre et malheureuse, parce
qu'elle a cru que l'or seul donnait le bien-être. Point
de doute qu'il y a plus de misères autour de cette
manufacture si active, si industrieuse, qu'il n'y en
avait autour de la paisible demeure choisie et construite par les enfants de saint Benoît; car là où l'on
entend trop souvent le blasphème et l'impiété qui
provoquent les malédictions divines, résonnaient les
cantiques d'amour qui appellent les bénédictions
de Dieu et de ses anges. Supplices et supplications,
a dit un grand écrivain, sont deux mots corrélatifs
dans la langue chrétienne : lorsque celles-ci font
défaut, elles sont remplacées par les premiers chez
un peuple devenu coupable. •

Après avoir examiné dans tous ses détails cette
fabrique, qui du reste est la plus belle du département, les voyageurs visitèrent les tours de Chalusset, château fondé vers 1130.

La peinture des ruines de cet édifice occupe une

trop longue place dans l'album d'Alfred et de sa sœur pour que nous puissions la reproduire ici. Seulement n'oublions-pas qu'il portait à la marge : » Chalusset, édifice gothique dont les ruines sont les plus remarquables de toute la province, et peut-être du centre de la France; les touristes s'allongent de dix et de vingt lieues pour venir en contempler les ruines. »

C'est autour du nom de Chalusset que les enfants groupèrent quelques-unes des réflexions qui leur avaient été adressées sur les différences qui se trouvent entre notre manière de guerroyer et celle d'autrefois.

Les armes défensives du soldat ou du chevalier, avaient-ils écrit, étaient le heaume ou casque, l'écu ou bouclier, le haubert ou cotte de mailles, la cuirasse, les brassards, les gantelets, les cuissards. Il n'était pas facile de percer un guerrier couvert de toutes ces pièces ; mais aussi, lorsqu'il venait à être renversé de cheval, il lui devenait presque impossible de se relever, et souvent il demeurait à la merci de son ennemi.

Ses armes offensives étaient l'épée, le sabre, la lance, la hache et la masse ; cette dernière arme consistait en un bâton de quatre pieds ; à chaque bout tenait une chaîne assez courte, mais très forte, d'où pendait un boulet de trois ou quatre livres pesant, quelquefois de dix ou douze, selon la force du bras qui devait manier cette arme terrible.

L'infanterie, alors peu estimée, combattait avec

l'arc , la fronde et le javelot. On employait dans les siéges le pierrier et le mangonneau pour nettoyer les remparts , les galeries pour saper les murailles , les tours de bois mouvantes pour ôter aux assiégés l'avantage du poste. La plupart des généraux ignoraient la science des campements , celle des approvisionnements, celle de la guerre défensive. Se jeter dans la mêlée , se battre à outrance, assommer ou pourfendre l'ennemi qu'ils avaient en tête , voilà en quoi consistait tout leur talent militaire.

La stratégie a donc fait d'horribles progrès. Les hommes ont tout perfectionné, jusqu'à l'art de s'exterminer entre eux. Qu'étaient tous ses traits , tous ces coups , en proportion des balles , des boulets , de la mitraille vomis par toutes ces machines épouvantables qui brillent maintenant sur un champ de bataille ou sur les remparts d'une ville assiégée ! En quelques heures est prise une forteresse dont la position et la structure auraient autrefois tenu en échec d'innombrables phalanges. La fameuse Troie , dont le siége fit couler tant de sang et dura dix années , succomberait de nos jours aussi rapidement qu'Alger ou Anvers, que nous emportâmes en moins d'une semaine : *Vidi , veni , vici.* Je suis venu , j'ai vu , j'ai vaincu , disait César. L'illustre Romain ne tiendrait plus ce langage si , sortant de sa tombe , il voyait comment triomphent les soldats de la France.

X

Limoges.

La famille de Gervil, arrivée à Limoges, descendit à l'hôtel de *la Boule-d'Or*, où elle trouva un confortable, un luxe à peu près inconnus des autres auberges où ils avaient séjourné. Conduite par un *cicerone* attaché à cette maison, elle parcourut l'antique cité principale des *Lemovices*. Nous ne mentionnerons que quelques-unes des observations analysées par Alfred et Victorine.

Et d'abord, ils allèrent s'agenouiller à Saint-Michel. Cette église, dont ils avaient aperçu de très loin le clocher, point culminant de la ville, est un édifice gothique qui étonne et qui plaît par la forme et la légèreté de sa voûte, et surtout celle des piliers qui la soutiennent. Fondé peut-être au VIe siècle, il a été en grande partie reconstruit au XIVe. Il a deux rangs de cinq colonnes, supportant, dans la longueur, trois systèmes de six travées d'une voûte en briques qui n'a pas moins de treize mètres d'élévation. La longueur de ce temple, à la structure la plus hardie, est de quarante-neuf mètres; sa largeur, de soixante-un.

Ils allèrent prier devant les restes de saint Martial, l'illustre apôtre de l'Aquitaine, dont la révolution avait détruit jusqu'aux fondements l'église et la vieille abbaye, « ce berceau de la foi en Limousin, cet asile où dormaient tant de grands hommes, ce musée enrichi par la piété des siècles. » A Saint-Michel, ces ossements sacrés ont été déposés dans une chapelle fort richement décorée, à droite du maître-autel, auquel elle est contiguë.

Puis les voyageurs montèrent dans le clocher, *une des plus belles pyramides de France*, selon l'expression d'un chroniqueur. Formé de six étages élevés sur une base quadrilatère, ce clocher a quatre tourelles qui, placées sur les angles, d'abord engagées dans le massif, s'en détachent au cinquième et au sixième étage, où la tige commence à diminuer de diamètre, et se terminent par des lanternes d'une construction très légère. De cette hauteur de deux cents pieds, l'œil découvre toutes les campagnes environnant Limoges, à plusieurs lieues de distance.

De là ils allèrent sur la place de la Motte admirer un bassin de granit qui reçoit et déverse les eaux de la principale fontaine de Limoges, et qui n'est formé que d'une seule pierre de 12 mètres de circonférence. — On terminait alors une halle fort belle qui porte le nom de Dupuytren, une des célébrités limousines. Puis ils se dirigèrent sur la place d'*Orsay*, remarquable par son site élevé, sa grandeur, ses longues allées symétriques, le nombre et la beauté des arbres qui l'ombragent. Ils observèrent les restes de l'Amphithéâtre, des murs d'enceinte, des portes et des loges que les Romains avaient construits pour leurs jeux sanglants; et ils comprirent pourquoi toute cette partie de la ville porte le nom de rue, de place de faubourg des *Arènes*.

Traversant le large boulevard, ils allèrent à l'*Abattoir*, vaste édifice qui venait d'être bâti à la place de l'antique château de *Beauséjour;* mais malgré la beauté des étables, des granges, des greniers, des abreuvoirs, des *ateliers* composant cet établissement, qui, construit dans le genre italien, avec ses murs blancs comme la neige, avec ses fenêtres et ses portes arrondies en œil-de-bœuf, en arceaux de briques rouges, a l'air d'une *villa* seigneuriale, ils s'arrêtèrent; le mugissement des pauvres animaux affamés ou se débattant çà et là sous le couteau ou sous la massue des bouchers, l'odeur fétide et les flaques de chair et de sang qui constristent le regard ou soulèvent le cœur, en dé-

pit du travail incessant des nombreux employés,
contraiguirent même les voyageurs de rebrousser
bientôt.

Et ils s'acheminèrent vers l'hospice général, vaste
bâtiment où une population de 3,500 malades,
civils et militaires, reçoit les soins des charitables
et saintes filles de Saint-Alexis.

— O mon Dieu, que de lits ! Combien de douleurs gémissent en ce lieu, disaient les enfants !

— Oui, répondaient M. et Mme de Gervil, c'est
ici le ramas des misères et des infirmités humaines.
Chose pourtant épouvantable à penser ! pendant
trente siècles, l'homme, témoin des souffrances
attachées à sa condition, n'avait pas songé à venir
au secours de ses frères malheureux. On ne trouve
pas chez les anciens l'ombre d'une institution en
faveurs des infortunés; la philosophie ni le paganisme
ne séchèrent jamais une larme. Quoique la pitié soit
dans la nature, et peut-être parce qu'elle est dans la
nature, le raisonnement en éloigne. Sénèque l'appelle
*le vice d'une âme faible. Ne te lamente point avec
ceux qui pleurent :* c'est un des préceptes de Marc-
Aurèle, et la doctrine commune des stoïciens. *Le sage,*
dit Virgile, *ne compâtit point à l'indigence.* Il a
fallu que le Christ vînt pour attendrir l'homme sur
les maux de son frère. Admirable religion ! ses annales ne sont pleines que des services de tout genre
qu'elle a rendus d'âge en âge à l'humanité.

— Est-il possible ! s'écria Alfred.

— Oui, mes enfants : nourris par le christianis-

me, nous ne nous rendons pas compte de cet
égoïsme froid et cruel ; mais il n'en a pas moins
existé, et il n'en existe pas moins encore chez les
peuples que n'éclaire et ne réchauffe pas le flambeau
de notre foi....

» Mais peut-être ne voyez-vous pas les douleurs
les plus vives de ces malades, de ces vieillards, de
ces enfants. Sans doute la charité la plus empressée
leur prodigue des soins; administrateurs, infirmiers,
religieuses, ne négligent très certainement rien
pour alléger ces peines et ces souffrances. Mais il
en est de cruelles qui reçoivent peu ou point de
consolations, je veux dire l'isolement dans lequel
s'écoule ici la triste existence de ces malheureux.
Quoique entourés d'une compagnie nombreuse, ils
sont seuls; car n'est-on pas seul lorsqu'on est séparé
de sa famille ? Qui pourrait remplacer un père,
une mère, un frère, une sœur, des enfants bien-
aimés ? Et eux ne voient ces objets de leur tendre
affection que très rarement, pendant des heures
rigoureusement déterminées, à cause de la paix, de
l'ordre nécessaires à des habitations de ce genre. »

La famille de Gervil ne sortit pas de l'hospice
sans déposer dans le tronc placé à la porte un souvenir de son passage et de sa charité.

Après avoir traversé la place sur laquelle se trouve
l'hôtel-de-ville, les voyageurs visitèrent la caserne
de cavalerie, propre à loger 950 hommes et 800
chevaux. On faisait en ce moment une manœuvre
dans la vaste cour de cet établissement. Ce n'était pas

sans étonnement que Victorine et Alfred voyaient s'aligner, se croiser, se déployer sous toutes les formes, au cri d'un chef ou au son de la trompette, tous ces cavaliers avec leurs longues moustaches, leurs grands sabres et leurs figures rébarbatives. Cette vie, disait Alfred, ne me déplairait pas. — Oui, lui répondait son père, tu aimerais à caracoler selon ton caprice; mais si tous les jours, bon gré, mal gré, il te fallait subir trois, quatre heures d'évolutions semblables; et puis, si, harassé de fatigue, il te fallait oublier ta sueur, ta faim, ta soif, pour nourrir, étriller, soigner toi-même ton cheval, peut-être parlerais-tu différemment. Habituons-nous, mon enfant, à ne pas juger ainsi des choses et des hommes à la première vue.

De la caserne, ils entrèrent dans l'église de Sainte-Marie qui n'en est qu'à deux pas. Ils y admirèrent le maître-autel, avec son tableau de la Présentation, justement estimé. Tout dans ce petit temple est gracieux, élégant, suave, recherché; tout s'y trouve en harmonie avec le culte de la tendre Vierge à laquelle il est consacré.

Puis la famille de Gervil descendit au pont nouvellement construit sur la Vienne. Qu'il leur parut beau, ce monument formé de blocs de granit d'une extrême dureté, heureusement placé à la jonction des routes de Lyon à Bordeaux et de Paris à Toulouse, au-dessous des terrasses de l'évêché, auxquelles il sert de point de vue, et dont il reçoit à son tour une sorte de décoration! Ils transcrivirent

exactement la note suivante empruntée aux architectes :

Corps du pont, 70 mètres 50 centimètres de longueur entre les murs d'épaulement ou quais ; hauteur, 19 mètres 67 centimètres, depuis l'étiage
jusqu'au-dessus du parapet. Les trois grandes arches,
20 mètres d'ouverture ; les deux petites, 5 mètres.
Longueur totale du pont, 101 mètres 30 centimètres ; hauteur totale depuis les fondations jusqu'au-dessus des bahuts, 21 mètres 47 centimètres;
largeur entre les parements extérieurs, 12 mètres
50 centimètres. Parapets, 1 mètre de haut, 50 centimètres de largeur ; les trottoirs, 1 mètre 80 centimètres de largeur ; les fondations sur le roc vif,
à 1 mètre 80 centimètres au-dessous de l'étiage.

M. de Gervil demanda à monseigneur Buissas la
permission de visiter l'évêché, qui est un des plus
beaux de France. Cet édifice, dont la première
pierre fut posée en 1766, et la dernière en 1773,
sous monseigneur d'Argentré, est d'un aspect imposant. Composé d'un corps principal et de deux
ailes que dominent une suite de terrasses ornées de
jets d'eau et étagées de la manière la plus pittoresque, il est d'une élévation assez considérable. Du
haut de ses jardins, et mieux encore des fenêtres
du palais, l'œil embrasse un vaste et riant paysage,
surtout le beau bassin de la Vienne, entrecoupé par
trois ponts, sur cette rivière que lord Macartney,
ambassadeur en Chine, prit pour un canal creusé
dans l'intention d'embellir cette demeure.

Monseigneur voulut lui-même conduire la famille de Gervil sur toutes ces magnifiques terrasses disposées en amphithéâtre. Avec cette bonté qui le caractérise, il présenta aux enfants de superbes grappes de raisin ; il remplit leurs poches de poires délicieuses.

Ce n'était pas sans émotion et sans étonnement qu'ils écoutaient et contemplaient ce digne évêque. Ils ne l'avoient aperçu qu'une fois à Blanzac, lors de la cérémonie solennelle de la première communion, et ils ne se doutaient pas que ce même prélat qui leur avait paru si imposant, si majestueux, dont tous n'approchaient qu'avec cette espèce de timidité que cause un profond respect, pût être si affable, si simple, qu'il daignait répondre à toutes leurs naïves questions, et causer avec eux absolument comme un père avec sa petite famille.

Quittant et remerciant Monseigneur, les voyageurs s'arrêtèrent aux pieds de la cathédrale attenante à son palais.

Qu'il est grand, qu'il est beau ce clocher ! répétaient Alfred et Victorine. Et, en effet, malgré les ravages répétés de la foudre qui en ont brisé la flèche et les clochetons, elle mérite encore l'attention, cette tour, composée de quatre étages, percés de deux ou trois ouvertures étroites surmontées d'ogives. Sur les quatre angles s'élèvent des tourelles octogones très déliées, terminées par d'agréables lanternes ; le sommet de la tour indique la naissance d'une ancienne pyramide de bois qui avait remplacé la flèche, et brûlée à son tour par suite du feu du ciel. L'œil des enfants examinait avidement tous les détails de ce clocher haut de 50 mètres.

Plus d'une heure fut employée à visiter l'extérieur et l'intérieur de Saint-Etienne, monument ogival qui est le plus considérable de Limoges, et dont la première pierre fut posée au XIIIᵉ siècle. Les colonnes, le jubé, les galeries, les vitraux, les arabesques, les niches, les statues, les sculptures; et puis la richesse moderne des autels, des peintures, tout fut l'objet de l'étude la plus attentive et la plus soutenue de la part de la famille de Gervil. Puissions-nous voir un jour terminer cette belle basilique de Saint-Etienne, disait-elle en s'en éloignant! Grâces au ciel, une partie de ses vœux a été exaucée; et sans la difficulté des temps, peut-être le monument serait-il complet.

Les voyageurs se rendirent à la maison centrale, munis d'une carte d'entrée difficilement obtenue. Ils virent cette ancienne abbaye de Bénédictins rebâtie avec les pierres de l'abbaye de Grandmont, devenue aujourd'hui le triste asile de 1,000 à 1,100 coupables frappés par la justice. Ils parlèrent à ces bonnes sœurs de la Congrégation de Marie-Joseph, dont la supérieure-générale les avait si bien accueillis au Dorat. Oh! quelles furent pénibles les émotions, surtout des deux enfants, en parcourant ces vastes ateliers où, affublés de leurs vêtements d'ignominie, les détenus travaillent silencieux au tissage des flanelles et droguets, à la confection des toiles,

9..

du linge, des gants, des chapeaux en soie et en feuilles de palmier, des chaussures, des vêtements !

« J'ai vu, disait l'album d'Alfred, les malheureux prisonniers de la maison centrale, avec leurs habits gris à bordures et à parements bleus ou rouges, et leurs numéros en fer blanc autour du bras. Plus d'un m'ont effrayé par leur aspect terrible; d'autres m'ont ému d'une vive pitié ; plusieurs, m'a-t-on dit, ont été entraînés là par suite de la misère, de l'avarice ou du désordre. Or, ma sœur et moi avons pris la résolution de faire tous nos efforts, lorsque nous serions grands, pour soulager les pauvres, pour instruire les ignorants, et inspirer à tous ceux avec qui nous vivrions l'amour de la vertu et l'horreur du vice et du crime, dont les conséquences sont si affreuses pour les condamnés et leurs familles. »

S'éloignant de ce lieu, le cœur douloureusement étreint et les yeux humides, les voyageurs traversèrent le Champ-de-Juillet, la plus vaste place de Limoges, environnée de quais ombragés, où chaque soir d'été se pressent les foules élégantes de promeneurs.

Ils s'arrêtèrent un instant à Saint-Pierre-du-Queyroix. Cette église, dont la fondation remonte au VIe siècle, par sa disposition irrégulière et le style pesant et peu agréable de son architecture, ne ressemble à aucune de celles que possède Limoges, au centre duquel elle est placée. Elle offre dans son plan un rectangle d'environ 34 mètres de long sur 18 de largeur, partagés également par six rangs de piliers très lourds et d'un diamètre considérable, qui supportent une suite d'ogives ordinaires. Ce qu'elle offre de remarquable, ce sont ses vitraux, qui, comme ceux de la cathédrale et de Saint-Michel, présentent un travail habile et une grande vivacité dans les peintures, surtout ceux de la partie droite du cœur.

L'horloge de Saint-Pierre, où est représenté un vieillard frappant les heures avec sa faulx sur un globe de cuivre, et assis sur des fleurs d'où sort la tête hideuse d'un serpent, présentait une allégorie, un emblème, dont l'intelligence des enfants saisit vite le sens et l'enseignement.

Sortant de Saint-Pierre, la famille de Gervil entra dans le lycée, qui n'en est éloigné que de quelques pas. Elle admira la grandeur et la beauté intérieure et extérieure de cet établissement, qu'avaient autrefois possédé les Jésuites. L'église, monument dont le vaisseau intérieur est très large et très haut, sans colonnes, est un magnifique local pour de grandes cérémonies auxquelles se prête la galerie qui l'entoure.

Enfin les voyageurs montèrent au jardin public, qui se trouve à l'entrée de la route de Paris. Avec quelle avidité les enfants contemplaient ces multitudes d'arbres, de plantes, de fleurs qui couvrent cette riche pépinière! L'if, le cèdre, le sycomore, le caféyer, le platane, le tulipier, le peuplier, etc., etc., captivèrent tour à tour leurs regards; ils de-

mandèrent les noms de toutes ces fleurs traînantes
ou grimpantes, aromatiques ou médicinales, qui
étalaient leurs tiges aux mille nuances sous ces voû-
tes de verdure variée. Trois ou quatre cents noms
furent inscrits sur les albums, comme objet d'étude
pour les leçons de botanique. Ils visitèrent l'école de
médecine et de pharmacie, établie récemment dans
l'ancienne église de la Visitation-de-Marie.

Près de l'hôtel de la Préfecture, ils trouvèrent la
Bibliothèque publique, avec ses douze mille volumes. O grand Dieu, que de livres ! s'écriait Alfred ; peut-il y en avoir autant dans le monde ? —
Dans le monde ! répondait M. de Gervil ; ce n'en
est pas la millième partie peut-être. Il te semble
qu'il est impossible de les lire tous ; eh bien ! sache
qu'il est des hommes, amis infatigables de la science, qui s'enterrent, pour ainsi dire, tout vivants
dans la poussière de ces immenses rayons, et qui,
sans avoir entièrement lu tous ces livres d'un bout
à l'autre, te diraient les choses essentielles contenues
dans chacun d'eux. Si tu savais ce que peut l'ardeur de l'étude !... et il lui nommait des auteurs
qui, à eux seuls, avaient composé quatre-vingts,
cent ; cent cinquante volumes.

Tels furent les monuments que nos voyageurs par-
coururent successivement, ne négligeant pas dans
les intervalles les mille autres curiosités que présente une des villes les plus industrieuses, les plus
commerçantes, les plus actives de la France, au
centre de laquelle elle est heureusement placée ; ce

qui en fait l'entrepositaire des produits et des denrées de la majeure partie des départements dont se
compose notre glorieuse patrie.

Si partout ils furent accueillis avec politesse et
bienveillance, c'est qu'eux-mêmes ils donnaient
l'exemple de cette urbanité que les Limousins pra-
tiquent en général, et à laquelle ils tiennent essen-
tiellement. De leur court passage ils emportèrent de
bons souvenirs, parce qu'ils en avaient eux-mêmes
laissé d'excellents. Les égards appellent et comman-
dent d'autres égards.

XI

Une masure de la Poitevine. — Retour à Blanzac.

LE 27 octobre était arrivé ; par conséquent il fallait rentrer à Blanzac. Les voyageurs, pour quitter Limoges, traversèrent le faubourg de Mont-Jauvy, long et populeux quartier, né pour ainsi dire par enchantement; car, jusqu'en 1830, sa vaste étendue n'offrait que des prairies et des vergers, où de loin en loin s'élevaient quelques habitations. Le *Limougeau* qui aurait été pendant un quart de siècle absent de sa patrie connaîtrait à Mont-Jauvy, mieux qu'en tout autre endroit, le développement considérable que la ville a acquis, et les changements merveilleux qu'elle a subis de nos jours.

Après avoir passé par la commune de Couzeix, agglomérée sur les deux côtés de la route de Bellac, et qu'on appelle aussi, nous ne savons trop pourquoi, *Petit-Limoges*, la famille de Gervil déjeuna à l'auberge de la *Poitevine*, ainsi nommée parce qu'elle fut construite par un meunier de Poitiers. Les héros et les conquérants ne sont donc pas les seuls qui imposent leurs noms aux lieux sur lesquels ils ont passé !

Après le déjeuner, et en attendant que les chevaux fussent à la voiture, les touristes allèrent se promener le long du petit ruisseau de la *Glane*, qui baigne les fondements du moulin de la *Poitevine*.

Or, leurs regards furent frappés devant une assez grande croix de bois fixée au milieu des débris d'une espèce de petite masure. Cet étrange tableau signifiait, rappelait sans doute quelque chose; mais vainement leurs yeux le contemplaient, l'interrogeaient dans tous les sens.

Ce fut une petite bergère, qui gardant à quelques pas de là ses moutons, accourut satisfaire leur curiosité. Françoise, tel était le nom de cette enfant, touchait à sa douzième année. La pâleur se répandit sur tous ses traits lorsqu'elle approcha de ces ruines, car elles lui rappelaient un de ces souvenirs douloureux qui ne s'effacent jamais.

— Vous ne savez pas, dit-elle, messieurs et mesdames, pourquoi cette croix est là, dans ce monceau de pierres que couvre déjà la mousse? Oh !

je vous l'apprendrai parfaitement , si vous y tenez;
car moi je le sais mieux que personne... mais je
vous assure que c'est fort triste... J'en tremble encore !

— Comment , fort triste ! reprit M. de Gervil ;
et cette histoire vous a toute bouleversée, vous qui
êtes si jeune encore ! Essayez donc de la raconter ,
nous vous en saurons gré.

— Ecoutez , poursuivit alors Françoise , en posant à terre sa quenouille et eu joignant ses deux
petites mains devant sa poitrine, comme si elle eût
été en présence du président des assises , lui recom-
mandant de dire, devant l'image de Jésus-Christ ,
toute la vérité , rien que la vérité. Ecoutez , je
parle patois, par conséquent vous ne comprendrez
pas bien ; mais vous verrez néanmoins que je ne
suis pas menteuse.

« Ici , il y a quatre ans, se voyait une maisonnette habitée par un brave homme qu'on appelait le
Père Tistout. Depuis très longtemps ce vieillard
restait seul ; il n'avait pour ressources et comme
moyen de subsistance que le produit de cet étroit
enclos au milieu duquel nous sommes en ce moment, et les revenus de sa petite auberge, qui
toutefois étaient assez gros. Placé là, juste au centre
des deux longues côtes de *Frégefont* et de *Conore,*
il fournissait une assez grande quantité de verres
de vin aux passants, aux rouliers surtout, qui après
la descente étaient aises de prendre un peu ba-

leine et de se rafraîchir avant de gravir la colline opposée.

» C'était, je vous assure, l'homme le moins méchant qui respirât dans tout le canton de Nieul, ce bon *Père Tistout* : tout le monde disait du bien de lui, tout le monde l'aimait, surtout les petits paysans des environs ; chaque fois qu'il nous rencontrait ou qu'il nous apercevait, il nous appelait et nous donnait quelque chose.

» Tenez, il me semble encore le voir assis à cette place, où il avait construit un petit banc. Je le vois avec son bonnet gris, sa veste bleue, ses gros sabots et son grand bâton ; je le vois avec sa figure fine et qui semblait toute jeune malgré les cheveux très blancs qui l'enveloppaient, avec ses yeux et son sourire si doux, surtout pour les pauvres qui passaient ou venaient exprès dans ces parages, et pour lesquels il tenait toujours quelques sous en réserve dans sa poche de gilet.

» Eh ! bien, voici ce qui arriva. Un matin, neuf heures étaient sonnées, et ni la fenêtre, ni la porte de la maisonnette n'étaient encore ouvertes. Les gens du moulin frappent encore ; personne ne répond. Oh ! disaient-ils tous, c'est quelque chose d'extraordinaire ; quelque malheur sera arrivé ; car le *Père Tistout* est toujours levé avant le soleil. Aussitôt ils enfoncent la porte à coups de pied. Ils entrent, il appellent ; rien, rien. On s'informe, on demande aux gens des environs si quelqu'un l'a vu passer ; inutile, personne ne l'a vu, personne ne sait rien. M. le juge de paix accourt, mais pas plus que les autres il n'acquiert de renseignements.

» Huit jours s'écoulent. Au bout de ce temps, lorsque je menais mes moutons dans cette châtaigneraie que vous voyez, j'aperçois sur le bord de l'étang qui s'étend au bas quelque chose de gros surnageant au milieu des joncs. O bon Jésus ! j'approche... Mais que vois-je ? le cadavre d'un homme, recouvert d'un linge tout blanc ! Je n'en pouvais plus ! Je fais aussitôt signe de venir à mon père qui labourait de l'autre côté de l'eau. Mon père, à son tour, va chercher les gens du moulin ; ensemble ils retirent de l'étang ce mort, qui n'était autre que ce pauvre *Père Tistout.*

» Peut-être me direz-vous : Mais qui l'avait tué ? qui l'avait jeté là ? Attendez ! vous allez voir que Dieu punit toujours les méchants, et qu'il sait bien les trouver où ils sont.

» Plus d'une année se passe sans qu'on puisse rien découvrir...... Mais peut-être, monsieur, dit en s'arrêtant tout-à-coup Françoise, avez-vous entendu parler de cette affaire dans les journaux. Et alors je vais seulement vous dire pourquoi la masure du *Père Tistout* a été démolie....

— Oui, oui, mon enfant, répliqua M. de Gervil, je connais les détails de cet assassinat ; mais racontez-nous-les, nous préférons les tenir de votre bouche même, si candide et si véridique. Alfred d'ailleurs et Victorine la retiendront beaucoup mieux.

Et l'enfant continua :

« Mon père et beaucoup d'autres voisins s'étaient aperçus qu'un mauvais homme, un méchant ivrogne, un véritable vaurien, nommé *Antoine Baritou*, qui demeurait là-bas, de l'autre côté du vallon, depuis quelque temps ne faisait absolument rien, et que malgré sa fainéantise et ses folles dépenses sa famille trouvait moyen de vivre mieux qu'auparavant, et lui le secret de s'enivrer deux ou trois fois de plus par semaine. On se disait bien, mais tout bas : D'où ces coquins tirent-ils l'argent ? Mais en murmurant cela, nul ne songeait au *Père Tistout*.

» Or, comme les mauvais sujets ne savent rien mettre à profit, rien économiser, voici que bientôt tout l'argent volé au pauvre vieillard se trouva épuisé. Un soir que *Baritou* revenait ivre d'un cabaret de Saint-Jouvent, il fut assailli en route par sa femme et sa fille aînée, qui lui reprochaient d'être parti sans leur laisser un sou pour acheter du pain. Je ne sais trop ce qu'il leur répondit pour se justifier. Toujours est-il que, à quelques pas d'eux, et derrière une haie touffue, se trouvaient trois gens du bourg qui entendirent distinctement ces mots adressés plusieurs fois par la petite *Léonarde* à son père : *Tu as donc mangé tout l'argent du vieux !*

» Vite, ces braves gens allèrent dire cela à M. le juge de paix. On se rendit la nuit même chez

Baritou, on interrogea séparément tous les membres de cette triste famille, et, comme vous pouvez penser, on fut bientôt au courant de cette horrible affaire. On sut positivement que *Baritou* avait étouffé le pauvre vieux; ce qui était cause qu'on n'avait aperçu ni devant la porte, ni dans la maison, ni sur la route, la moindre goutte de sang; et puis que, après lui avoir volé toutes ses petites économies, il était allé le jeter dans l'étang, pour que jamais personne ne pût soupçonner l'auteur et les circonstances de cette méchante action.

» Enfin on mena *Baritou* à Limoges, où il fut jugé et guillotiné sur la grande place des Arènes. »

— Oh ! ce monstre, s'écrièrent Alfred et sa sœur, ne méritait-il pas cet ignominieux châtiment? Tuer froidement un homme innocent qui ne lui avait jamais fait de mal; assassiner un malheureux vieillard pour quelques misérables sous! Le tigre!...

Après quelques réflexions présentées par M. de Gervil sur l'avarice et ses détestables conséquences, Alfred dit à la jeune bergère, tout émue, toute baignée de larmes : Pourquoi nous avez-vous assuré, en commençant, que vous connaissiez mieux que personne cette lamentable histoire ?

— Oui, monsieur, je l'ai dit, répondit Françoise, parce que j'ai su beaucoup plus de choses certaines que les autres témoins... C'est moi qui ai appris aux magistrats des détails importants et ignorés de tous. Hélas ! cependant, je ne crois pas, continua-t-elle en soupirant, que le bon

Dieu m'en veuille de ce que je suis cause de l'exécution de *Baritou*, car on m'a assuré que si je cachais quelque chose, ou que si je mentais dans une affaire aussi grave, je commettrais une mauvaise action, un gros péché.

— Vous avez eu raison, ma chère enfant, de déclarer la vérité ; il ne faut jamais mentir, interrompit Mme de Gervil.

— Eh bien donc ! poursuivit Françoise, ce que j'ai dit à ces messieurs qui portaient des robes rouges, je vous le redirai sans rien changer, en présence de Dieu qui nous voit. Je me rappelle parfaitement ce qui s'est passé ; ô doux Jésus, le moyen d'oublier de pareilles choses !

» Cinq ou six mois avant la dispute qui eut lieu entre les *Baritou* dans le chemin, j'avais occasion de voir Léonarde, sa fille aînée, qui est à peu près de mon âge. Comme son père était forgeron, et que par conséquent elle n'avait point de troupeau à garder, presque chaque jour elle venait avec moi pendant que paissaient mes moutons.

» Mais voici ce qui se passait : souvent elle me montrait ou me donnait des morceaux de pain blanc, des galets de farine de froment, même de petites pâtisseries ; et quand je lui demandais d'où provenaient ces bonnes choses, elle me répondait en souriant : Oh ! c'est que nous sommes riches maintenant ! mon père nous a apporté tant d'écus que nous pouvons vivre comme les bourgeois : je crois même que j'aurai bientôt des souliers et une robe d'indienne.

» Je ne faisais pas grande attention à ces propos; j'étais trop *petite* pour être capable d'en tirer la moindre conséquence ; je les répétai cependant une ou deux fois à ma mère , qui n'eut pas l'air de s'en occuper. »

Les événements et l'espèce d'importance qu'avait acquise le nom de Françoise pendant ces longs débats , en mûrissant sa raison, l'avaient , pour ainsi dire, considérablement vieillie à ses propres yeux. Les dix-huit mois écoulés entre le crime et la punition lui faisaient l'effet d'un intervalle de dix ans. C'est que rien ne rend l'intelligence précoce comme les fortes émotions qu'on éprouve dans les premières années de la vie.

« Mais la chose devint bientôt plus grave. Un soir, Léonarde me montra un couteau dont le manche était d'argent; je l'avais souvent vu entre les mains du *Père Tistout*, qui l'avait apporté de l'armée ; ce qui fit que , sans la moindre méchanceté, je m'écriai soudain en voyant ce couteau : Je sais bien à qui il appartenait ! — A qui ? me répondit Léonarde ; et je lui nommai le pauvre vieux qu'on avait trouvé dans l'étang.

» Elle répéta donc à ses parents ce que je lui avais dit ; toutefois je n'aurais pas encore fait grande attention à cela , si le lendemain la pauvre Léonarde n'était venue en cachette me dire que ses parents l'avaient bien battue ; qu'elle me recommandait for-

tement de ne jamais parler du couteau d'argent, et
enfin que, pour la punir de son bavardage, défense
lui avait été faite de me voir désormais.

» Oh ! cela me frappa ; craignant qu'il ne nous
vînt quelque malheur de la part de ces gens, qui
passaient pour si méchants, je racontai tout à mon
père, qui prévint M. le juge de paix.

» Vous voyez maintenant, messieurs et mesdames,
pourquoi, aussi bien que personne, je connais
cette affaire. On m'appela devant les juges ; j'ai vu
tous les débats de cet assassinat horrible, et je crois
bien que c'est moi qui ai le plus contribué à la con-
damnation de *Baritou*, car j'entendais à chaque
instant répéter le nom de la petite Françoise, et
et c'est moi qui m'appelle ainsi.

» Maintenant, si vous voulez savoir qui a fait
démolir la maisonnette du pauvre vieux qui était
tant aimé de tout le monde, et placer là une croix,
je vous dirai que c'est M. de Vaubeil. Sans doute
il ne voulait pas qu'un semblable assassinat pût jamais
s'y renouveler ; il regardait cette masure comme
maudite. »

— Mais pourquoi a-t-on mis là cette croix, ma
petite ? interrompit Alfred ; il me semble que ce
n'est guère sa place.

— Mon enfant, répliqua M. de Gervil, ce n'est
pas toi qui devrais adresser cette question à Françoise ; c'est elle, au contraire, qui devrait te la po-
ser. Comment veux-tu que cette jeune villageoise,
qui n'a peut-être pas encore fait sa première com-

munion, t'explique la pieuse pensée qui a planté
ici l'arbre sacré de notre salut ? Je vais donc t'indiquer quelques-unes des raisons qui ont dû animer
en ceci M. de Vaubeil.

« Lorsque l'Evangile commença à se répandre et
à triompher sur la terre, ne t'ai-je pas dit, dans
tes leçons d'histoire, qu'on arborait chez les nations
converties la croix comme signe de la victoire de Jésus-
Christ ? Ainsi, lorsque, en 1830, nous prîmes l'Al-
gérie, le premier acte de notre conquête ne fut-il
pas l'érection de la croix sur les mosquées et les
minarets, pendant que sur la Casauba flottait le
drapeau glorieux de la France ?

» Eh bien! de même que, élevé sur les places,
dans les rues, au haut des monuments des peuples
barbares ou sauvages, le symbole sacré de la paix
et de la charité semblait leur dire : Jusqu'à présent
vous avez vécu sous la loi brutale de vos passions,
sous le sceptre de l'Esprit du mal et des ténèbres ;
mais maintenant il vous faudra vivre doux, bien-
veillants, justes, chastes, généreux, comme Celui
dont vous venez d'adopter la loi et d'exalter l'image
divine ; de même ce bois auguste, témoin et vengeur du crime, semble dire à ceux qui posséderont
ce terrain, ou qui passeront près de ces débris : Ce
sol a été souillé par un attentat. Un monstre pire
qu'un païen ou qu'un sauvage a régné ici ; mais
maintenant le mal s'en éloignera, la barbarie ira
sévir loin de ces lieux, parce que Jésus-Christ en
a pris possession. Ce tertre était maudit, mais à

présent on peut en approcher sans crainte, s'y endormir avec confiance, parce que le Dieu de la vie et de la mort en a fait sa propriété !...

» Il y a une autre raison. Si cette masure fût restée debout, elle eût été un souvenir permanent de la cruauté d'un des habitants de Nieul, et par conséquent, jusqu'à un certain point, une honte, une flétrissure vivante pour le canton qui avait eu le malheur de donner naisssance à un monstre tel que *Baritou* ; eh bien ! la destruction de fond en comble de cette cabane par M. de Vaubeil est une protestation publique, au nom de ses compatriotes, de l'horreur que ce crime leur inspire à tous; et l'élévation de la croix est de sa part une preuve vivante que le canton de Nieul n'a pas renié le Dieu qui commande et sanctifie la vertu, qui protége l'innocence et la faiblesse, et qui abhorre les mauvaises actions.

» Quoi encore ! chez tous les peuples chrétiens, là où a été commis un forfait, on dresse un monument d'expiation pour en détourner les fléaux et les malheurs que tient dans sa main la colère de Dieu outragé. Donc quel signe expiatoire méritait mieux de s'élever ici que la croix? Au sein d'une commune simple et paisible, n'est-ce pas le symbole que comprennent le mieux les naïves intelligences, les cœurs candides des gens peu instruits des campagnes ?

» Peut-être enfin, car la charité chrétienne est si nécessaire, si rigoureusement commandée par le Ciel ; peut-être, ou plutôt sans doute, on a placé

une croix afin que les parents, les amis, les voisins
de l'infortuné vieillard, en passant ici, au lieu d'appeler la malédiction du ciel et de la terre sur son
meurtrier, demandassent au contraire pour lui pardon et miséricorde au nom de Celui qui, en mourant
au Calvaire entre deux scélérats, demanda grâce
pour ces bourreaux. Comment crier vengeance et
haine en face d'un Dieu expirant qui étend les bras
en criant : Paix et amour ! »

Le récit des détails de l'assassinat de la *Masure
de la Poitevine* et des réflexions qu'ils suggéraient
aux quatre cœurs généreux qui l'entendaient, aurait duré plus longtemps, si l'aubergiste n'était
venu dire que les chevaux patientaient difficilement.
Après avoir remercié Françoise, nos voyageurs se
remirent donc en route. Leur itinéraire fut Nantiat,
Berneuil et Bellac.

Chemin faisant, on analysait les impressions de
voyage, on se rappelait ce qu'on avait vu et entendu ; et M. et Mme de Gervil complétaient ces études rapides sur le Limousin.

« Vous voyez, mes enfants, disaient-ils, les fruits
qu'on peut retirer des voyages. Vous avez appris
beaucoup, n'est-il pas, pendant ces deux mois ; ce
n'est toutefois que plus tard que vous aprécierez les
connaissances acquises : lorsque vous prendrez la
plume, mille images, mille souvenirs, viendront à
votre aide ; ils coloreront votre style, nourriront
votre pensée.

» Je ne doute pas que, d'ici à quelques années,

vous ne compreniez pourquoi quelques hommes ont
entrepris des voyages, mus par la seule pensée de
s'instruire et de rendre leurs découvertes utiles à
leurs concitoyens. Vous, vous avez voyagé par plaisir, par délassement, vous avez eu peu ou point de
privations à supporter, de sacrifices à vous imposer ;
mais eux, les Christophe Colomb, les Améric Ves-
puce, les d'Albukerque, les Tavernier, les Cook,
les La Peyrouse, les d'Urville, connaissant d'avance
la vie dure qui leur était réservée, les écueils et
les périls sans nombre où peut-être ils trouveraient la
mort, ont volontiers quitté leurs familles, leurs
biens, leur patrie, pour parcourir ou découvrir les
contrées les plus lointaines, des régions inconnues
et sauvages, dans l'espérance d'en rapporter quelques choses nécessaires, utiles, ou même seulement agréables à leurs frères.

« Oui, ce n'est qu'un apprentissage, pour ainsi
dire, que vous venez de faire, et cependant que de
notes précieuses vous avez consignées ! Combien de
canevas pour vos descriptions, vos narrations, vos
lettres, vos discours, vos conversations à venir !

« Nous avons donc vu les quatre arrondissements
de la Haute-Vienne, formant 27 cantons, 203
communes, habitées par 286 mille habitants. Nous
avons admiré l'activité et l'intelligence du cultivateur
limousin ; nous avons vu au prix de quelles fatigues
il fertilise souvent un sol stérile ; avec quel soin
presque religieux il entasse les dépouilles des champs
cultivés, celles des landes dont il fauche les fougères

et les herbes sauvages, et les feuilles des vastes châtaigneraies; comme son râteau les nettoie avec plus d'attention que ne fait de son logis le balai de la ménagère économe, pour les porter ensuite dans ses cours et ses étables, et les disperser enfin, une fois suffisamment pourris et fermentés, dans les sillons de ses guérets, ou contre les rigoles de ses prairies.

» Parcourant ce Limousin appelé par un voyageur anglais : *Un des plus agréables pays de France,* et si spirituellement nommé par un littérateur moderne *une Suisse intérieure,* à cause de la fraîcheur et de la variété de ses riants paysages, nous avons gravi quelques-unes de ses montagnes principales. Nous avons remarqué l'abondance de ses richesses minéralogiques. Ici l'étain, le plomb, l'antimoine mêlé d'argent, le cuivre; là les carrières de marbre, de serpentine, de porphyre; ailleurs le grenat, l'améthyste et l'émeraude; ailleurs enfin des routes littéralement pavées de pierres précieuses et de cailloux transparents comme le cristal.

» Et puis nous avons admiré l'infatigable ardeur des ouvriers et des négociants limousins. Quel tableau surtout nous ont présenté les rues, les places, les faubourgs de Limoges! Combien l'imprimerie, la reliure, la chapellerie, la fonderie, la chaudronnerie, la coutellerie, la maréchallerie, la clouterie, les fabriques de pointes et de fil de fer, de cordes, de flanelles, de droguets, de calicots, de cartes et cartons, de chaises, de chandelles, de chariots et de voitures, de cire, de colle-forte, de liqueurs, de coton, de laine, de sabots, répandent d'aisance, de bien-être dans cette population de plus de quarante mille âmes !

» Quelle activité dans ses manufactures de porcelaines ! Souvenez-vous, mes enfants, qu'on nous a dit que cette industrie seule alimentait 24 fabriques, occupait 13 moulins et 300 meules, consommait annuellement dans 33 fours 69,175 quintaux métriques de pâtes, d'émail, de terre de la Malaise ou de sables réfractaires ; qu'elle brûlait 65,000 stères de bois, sans compter le charbon de terre ; qu'elle fournissait à l'Allemagne, à la Belgique, à l'Italie ou à la France 70,000 quintaux métriques de pâtes et d'émaux broyés, outre la porcelaine blanche, dorée et décorée pour laquelle l'étranger est notre tributaire ; qu'elle produisait pour 4 à 5 millions de francs, faisait vivre 3,000 ouvriers, et avec eux leurs familles, et procurait au département de la Haute-Vienne un débouché de 600,000 francs de produits.

» Nous avons vu les ruines des monuments, surtout celles du château de Chalusset et de Chalus, que les divers congrès d'archéologues ont proclamé aussi dignes d'être admirées que les plus remarquables châteaux de l'Alsace et des bords du Rhin. Nous nous sommes agenouillés sur les tombeaux de plusieurs des saints qui ont illustré notre département. Nous avons interrogé les lieux où ont vécu l'illustre chancelier d'Aguesseau, si savant et si

10..

pieux; mademoiselle de Sombreuil, sublime modèle de dévouement filial; l'éloquent Verguiaud, le brave maréchal Jourdan, Dupuytren, le plus célèbre chirurgien d'Europe, etc. Puisse un jour l'étude de la vie de ces grands hommes vous inspirer, mes enfants, l'amour de la science, du pauvre, de la patrie, de la vertu!

» — Oui, de la vertu, reprit Mme de Gervil, en descendant de voiture; » et ce furent les dernières paroles du voyage.

L'amour de la vertu embrase, féconde et sanctifie tous les autres enthousiasmes. L'homme vertueux ignore-t-il que le travail est une condition de sa nature, une obligation imposée par Dieu, et que, plus il sera instruit et capable, plus il fera de bien à ses frères; et alors peut-il ne pas s'efforcer d'acquérir la science? J'en dis autant de l'amour du pauvre. La charité n'est-elle pas la première des vertus chrétiennes et sociales? Enfin l'homme solidement vertueux ne brûlera-t-il pas d'un amour invincible pour sa patrie? S'il était, en effet, dépourvu de cet amour, il ne serait qu'un égoïste; or, l'égoïsme n'est-il pas la source d'où naissent tous les vices, où se dessèchent et meurent toutes les vertus?

Voyez-vous, le 3 décembre, deux enfants paisiblement assis en face d'une table chargée de livres et de papiers. Autant Alfred et Victorine de Gervil ont mis d'ardeur à partir, à profiter du repos des vacances, autant ils ont mis d'exactitude à se montrer dignes de la bonté qui le leur avait promis et si largement accordé.

Ils sont seuls à l'étude ; car, écoliers raisonnables, ils n'ont pas besoin d'un œil qui les stimule ou les surveille ; M. de Gervil et Eusébie ne viendront que plus tard pour la correction des devoirs et la récitation des leçons. Ils ont généreusement repris l'ouvrage, bien convaincus que le travail ne reste jamais sans récompense.

Oui, le travail porte toujours son fruit : en 1853, Alfred entrait au petit séminaire du Dorat. Par son application, par sa conduite et par ses nombreux succès qui devaient en être le résultat nécessaire, dès le début de sa *seconde*, il prit place au *banc d'honneur*, qu'il ne quitta pas une seule fois jusqu'à la fin. Son cours de *rhétorique* fut suivi de succès plus brillants encore. Bientôt l'étude de son cours de *philosophie* lui procura son plus beau, son plus complet triomphe. Doué d'un jugement droit et sain, le cœur libre de ces tristes passions qui énervent l'âme de tant de jeunes gens, et qui les éloignent et les dégoûtent des réflexions sérieuses et prolongées, Alfred trouvait un attrait indicible dans la méditation de ces hautes questions de métaphysique, de la solution desquelles dépend le bonheur ou le malheur de l'homme dans ce temps, et pendant les heures qui se renouvelleront sans fin pour nos vices ou nos vertus, après notre descente dans la tombe. Pour rester vainqueur du monde, au sein duquel il lui fallait bientôt vivre, il avait compris la nécessité de se convaincre fortement de la vérité des grands dogmes de l'existence de Dieu, de l'immortalité de l'âme, etc., et d'en déduire, par d'inattaquables conséquences, tous les devoirs du chrétien envers son Créateur, envers ses frères et à l'égard de lui-même. Aussi bien, ferme dans ses saintes croyances, enthousiaste de la vérité, et par la force de son intelligence et par les ardentes sympathies de son cœur, le jeune de Gervil, devenu étudiant en droit, a-t-il résisté au torrent de la séduction et du vice, qui, dans Paris, entraîne à l'abîme tant de jeunes hommes. Président d'une des conférences de Saint-Vincent-de-Paul, il offre à tous ses compagnons d'école le modèle des plus douces et des plus fortes vertus chrétiennes.

Quant à Victorine, que nos lecteurs se rappellent ce que nous avons dit d'elle, à propos de Mlle Eusébie de Sonange.

Combien celui qui a écrit ces pages serait heureux si tous ses jeunes amis qui les liront prenaient la résolution d'être sages et laborieux comme cette douce Victorine et ce bon petit Alfred, qui en sont les gracieux héros.

FIN.

TABLE.

—

FIN DE LA TABLE.

Isle. — Imp. Ardant frères.

www.ingramcontent.com/pod-product-compliance
Lightning Source LLC
Chambersburg PA
CBHW070904030726
47504CB00005B/1455